왜란(倭亂)

왜란

倭亂

김규봉
소설집

중·단편 소설집 '왜란'을 펴내며

우리 민족 역사상 최대의 위기이자 고난 중 하나였던 임진왜란. 이 전란이 끝난 지 무려 500여 년이 지났지만 그 충격은 아직도 역사서와 각종 드라마 그리고 영화 등으로 현재에 여전히 전해지고 있는 중이다. 그만큼 임진왜란은 우리 민족에게 크나큰 영향을 끼쳤던 사건인 것이다.

당시 전란을 둘러싼 논란은 오랜 시간을 관통하고서도 사라지거나 해소되지 않고 있다. 그중 대표적인 것 중 하나가 충무공 이순신의 마지막 전투인 노량해전에서의 생사 여부다. 물론 지금까지의 정설은 충무공은 이 노량해전에서 적이 쏜 조총탄에 맞아 장렬하게 전사했다는 것이다. 그러나 그 사실을 뒷받침하는 확실한 사료가 있고 이와 관련한 다양한 연구에 대한 결과물이 있음에도 불구하고 논란이 쉽사리 가라앉지 않고 있는 것은 아마도 500여 년이라는 시간이 흘러 이를 확실하게 규명하기 힘들기 때문일 것이다. 지금 현재에도 충무공 이순신의 생존설은 진행되고 있고, 이는 앞으로 이를 확실하게 밝혀줄 획기적인 관련 사료가 나타나지 않는 한 논란은 앞으로 더 치열하게 전개될 수밖에 없을 것이다.

임진왜란과 관련된 또 다른 논란 중 하나는 바로 첫 승에 관한 것이다. 지금껏 우리가 알고 있는 임진왜란 첫 승은 앞서 언급한 충무공 이순신의 전라좌수사 시절에 거둔 옥포해전으로 알려져 있다. 하지만 최근 다대포 지역에서 활동하고 있는 한 지역 향토사연구가의 끈질긴 노력에 의해 발굴된 다양한 사료들을 보자면 꼭 그렇지는 않은 듯싶다. 문제의 향토사연구가가 발굴한 사료에 따르면 임진왜란 첫 승의 주인공은 전라좌수사 이순신이 아니라 다대진첨사 윤흥신이다.

1592년 4월 13일 당시 조선을 침략한 왜군의 선봉장 고니시 유키나가는 부산진성이 바라다보이는 곳에서 하룻밤을 보내고 다음 날, 부산진성을 공격해 함락시킨다. 그리고 그 길로 다대진성과 동래성을 공격해 역시 차례로 함락시킨다. 지금껏 이것이 정설로 여겨져 왔지만 최근 발굴된 팔곡 구사맹이 쓴 '난후조망록(亂後弔亡錄)'에는 사뭇 다르게 기록되어 있다. 난후조망록을 보면 1592년 4월 14일 왜군이 쳐들어 왔고 전날 힘껏 싸워 물리쳤지만 결국 끝까지 분전하던 다대진첨사 윤흥신부터 군민들이 모조리 죽임을 당했다라고 쓰여 있다. 이 기록을 신뢰하고 보면 1592년 4월 13일 임진왜란의 첫 번째 공식 전투가 벌어졌고, 다대진성에서 왜군을 상대로 윤흥신이 첫 번째 승전을 한 것이 되는 것이다.

또한 임진년과 정유년 7년 왜란을 종결시키는 데에 있어서 결정적인 역할을 한 것 역시 충무공 이순신이 삼도수군통제사 재임 시에 거둔 명량대첩이라고 알려져 있다. 하지만 이 역시 최근 함양 지역에서 활동하고 있는 한 지역 향토사연구가의 연구 결과에 따르면 명량대첩이 아닐 수도 있다. 연구에 따르면 정유재란 당시 왜군은 좌군과 우군으로 나누어 조선 내륙으로 진격했고, 우군을 실제적으로 이끌고 있던 가등청정은 부산과 양산 그리고 울산에서 주둔하고 있던 왜군 7만5천 명을 이끌고 양산-밀양-의령-합천을 거쳐 1차 목표인 전주성으로 진격하려고 했다. 그런데 그러기 위해서는 함양의 황석산에 있는 육십령 고개를 넘어야 했는데 그 고개를 방어하는 성이 있었다. 바로 황석산성이었다. 7만5천의 병력을 가진 왜군 우군과 황석산성을 지키고 있던 관군과 민간인 합쳐 고작 7천 명에 불과하던 조선군과의 전투는 이미 그 결과가 자명했다. 그런데 예상을 깨고 전투는 꽤나 치열했다. 조선군과 민간인 전원이 전사하고 왜군은 상당한 피해를 입었다. 하지만 그 피해 규모는 연구가 있기 전까지는 베일에 가려져 있었다. 그런데 연구 결과에 의하면 고개를 넘어 전주성에 입성한 왜군 우군의 수는 고작 2만5천 명! 무려 5만 명이 황석산성에서 전사한 셈이다. 이렇게 되자 왜군 지휘부는 군사적 손실이 없었던 왜군 좌군 3만 명을 왜군 우군에 지원해 주게 되고, 왜군 좌군은 다시 전라도로 왜군 우군은 한양으로 진격하게 된다. 하지만 한양으로 진격하던 왜군 우군은 조명연합군의 강력한 방어에 고전하게 되고 결국 충북 진천 소사벌에서 패진 이후에 후퇴하게 된다. 이는 예상 밖의 군사 5만의 손실로 조명연합군에 대해 확실한 병력의 우위를 점하지 못하게 된 바가 크다고 여긴다.

이 책은 왜란의 첫 승과 그 종결이 배경이 된 전투를 다루고 있다. 두 전투 모두 지금껏 역사의 아래에 묻혀 제대로 평가 받지 못하고 있었다. 하지만 공교롭게도 이름 없는 지역 향토사연구가의 노력으로 이제 겨우 역사의 수면으로 올라서게 되었다. 그들의 노고에 감사의 뜻을 전하고 이 책을 통해 그들이 알리고자 했던 진실이 조금이라도 더 알려졌으면 한다. 끝으로 이 책을 편찬할 수 있도록 지원해주신 양산시와 관계자분들께 감사의 뜻을 밝히고, 원고의 편집과 출판 그리고 판매에 노고를 아끼지 않으신 김순광 사장님과 감수를 해주신 엄원대 교수님, 양주오·윤선희 부부에게도 감사를 전하는 바이다.

2022. 10.

작가 김규봉

차례

윤공단(尹公壇)

임진왜란 때 순절한 다대진첨사 윤흥신(尹興信)을 비롯한 다대진 군민의 충절을 기리는 제단으로 현재 부산시 사하구 다대동에 위치하고 있다.

영조 41년인 1765년에 이해문(李海文)이 세운 것으로 알려져 있다. 이와 관련해서는 영조 33년인 1577년에 조엄(趙曮)이 동래부사로 부임하여 충렬사(忠烈祠)에서 참배하다가 송상현(宋象賢)을 비롯한 노비까지 모셔져 있는데 윤흥신만 빠져 있는 사실을 의아하게 여겼고, 후에 조엄은 윤흥신의 역사적 자취를 조사하기 시작하였다. 그는 먼저 읍지를 꼼꼼히 살펴보고 다대포를 직접 방문하기까지 하였다. 그러나 세월이 너무 오래되어 윤흥신에 대한 기록과 당시의 전황을 들려줄 사람을 찾기가 쉽지 않았다.

이후 1761년(영조 37년) 조엄이 영남 감사가 되었을 때 경상도 내에 효열과 충절이 두드러진 사람을 포상할 것을 예조에 상소할 때 윤흥신의 증직(贈職)을 청원하였다. 그 뒤 1762년 조엄이 통신사로 일본에 갈 때 이해문(李海文)이 수행원으로 따라가게 되었다. 그때 조엄이 이해문에게 윤흥신의 역사적 자취를 들려주었다. 이 이야기를 들은 이해문이 일본에서 돌아와 다대진 첨사가 되었을 때 윤흥신이 순절한 곳이라 전해지던 다대포 객사(多大浦客舍)의 동쪽에 윤공단(尹公壇)을 세웠다.

출처 _ 디지털부산문화대전

승첩(勝捷)

다대진성 전투

임진왜란 발발 이후 패퇴를 거듭하던 조선군이 명군과 함께 평양성을 탈환하고 난 얼마 후였다.

왜군의 수탈로 피폐해진 평양의 저잣거리 한쪽에 장이 섰다. 전란(戰亂)의 한가운데 선 탓에 장터 인심은 흉흉했다. 물건을 팔고 사는 사람들 사이에 오가는 말은 칼날과 다름없었다. 서투른 흥정은 곧바로 언쟁으로 이어졌고, 언쟁은 멱살잡이하기 일쑤였다. 덕분에 장터에는 머물려는 이보다 지나가는 이가 더 많았다.

거래가 없어 장터는 서기 무섭게 파장 분위기가 연출되고 있었다. 그렇게 혹시나 하고 장터를 찾은 사람들이 하나둘 발걸음을 돌리려 할 때였다. 장터 한구석에 사람들이 하나둘 모여들기 시작했다. 인파를 모이게 한 이는 여자 아이였다. 비록 낡기는 했지만 단정한 옷차림을 한 여자 아이가 경상도 사투리로 풀어 놓는 얘기로 장이 서고 처음으로 사람들의 웃음소리가 터져 나오고 있었다. 덕분에 장터가 부분적으로나마 왁자지껄해졌다.

계속된 이야기에 입이 바짝 마른 여자 아이가 허리에 찬 호리병을 끌러 물을 마시느라 잠시 이야기가 끊겼다. 그 틈을 못 참은 사람들이 이야기를 계속하라며 재촉해댔다.

“그래서 어떻게 됐어?”

“아따 아재요, 목은 축이야 목소리가 나온다 아인교.”

능숙하게 사람들의 성화를 다독인 여자 아이는 곁에 있던 어린 남자 아이에게 고갯짓했다. 이야기가 다시 이어지자 남자 아이는 자신의 머리보다 큰 바가지를 들고 해맑게 웃으며 사람들 앞을 분주히 돌아다니기 시작했다.

“고맙심더.”

사람들은 남자 아이의 손에 들린 바가지 속에 지니고 있던 곡식과 음식 따위를 조금씩 넣어 주었다. 그때마다 남자 아이는 고맙다는 말을 잊지 않았다. 오랜 전란 통에 식량이 얼마나 중요한지 직접 몸으로 체득한 때문이었다.

남자 아이가 어느 선비 앞을 지날 때였다. 바가지 속으로 묵직한 엽전 꾸러미가 던져졌다. 깜짝 놀란 남자 아이가 고개를 쳐들었다. 곧 눈이 부실 정도로 새하얀 도포에다 옥 끈이 달린 갓을 쓰고 온화하게 웃고 있는 선비가 보였다.

“아이고 고맙십니더!”

옷차림을 통해 선비가 고관대작이라 지레짐작한 남자 아이는 연신 허리를 굽혀 고맙다 말했다.

“저 주막에서 기다릴 테니, 일을 마치면 찾아오너라.”

남자 아이의 어깨를 다독이고 난 선비는 자신이 말한 주막을 향해 걸어갔다.

"참말로 이 많은 돈을 선비님이 줬단 말이가?"

이야기를 마치고 짐을 모두 챙긴 여자 아이는 남자 아이가 내놓은 엽전꾸러미를 보고 화들짝 놀랬다.

"참말이데이. 우리보고 끝나면 절로 오라캤다."

남자 아이는 선비가 말한 주막을 얼른 가리켰다. 주막을 살핀 여자 아이가 엽전꾸러미를 짐 속에다 감추고 주막을 향해 종종걸음 쳤다. 그 뒤를 남자 아이가 따랐다. 아이들이 사립문을 지나 주막 안으로 들어서자, 평상 위에 선비가 밥상을 받아 놓고 앉아 있는 게 보였다.

"오, 왔느냐?"

선비가 먼저 두 아이를 향해 인사를 건넸다. 두 아이 역시 깍듯이 인사했다. 그런 두 아이를 보며 선비는 소리 없이 웃었다.

"선비님이 참말로 이 돈을 내 동생한테 줬능교?"

여자 아이가 조금 전에 숨겼던 엽전 꾸러미를 평상 위에다 꺼내놓으며 조심스럽게 물었다.

"어허! 어느 안전이라고! 이 분은 지중추부사이신 팔곡 구사맹 대감이시다. 썩 예를 갖추지 못할까?"

선비 뒤에서 칼을 들고 시립하고 있던 또 다른 젊은 선비가 호통을 치며 나섰다. 여자 아이는 황급히 땅바닥에 머리를 조아렸다.

"몰라 봬서 죄송합니더. 용서해주이소. 뭐하노? 니도 퍼뜩 빌거라!"

여자 아이가 안절부절못하며 곁에 선 남자 아이에게 다그치듯 말했다. 남자 아이 역시 땅바닥에 납작 엎드렸다.

“나서지 말라 그리 일렀거늘! 괜찮다, 일어서거라.”

뜻하지 않게 자신의 신분이 탄로 난 구사맹은 수하를 꾸짖어 뒤로 물리고는 자리에서 일어나 땅바닥에 엎드린 두 아이를 손수 일으켜 세우곤 밥상 앞에다 앉혔다.

“이름이 무엇이더냐?”

구사맹이 두 아이의 손에다 직접 숟가락을 쥐여 주며 물었다.

“저는 단이고요, 야는 만돌이라합니더.”

“부산포에서 왔더냐?”

“야.”

단이가 자신 앞에 놓인 국밥에다 시선을 고정한 채 대답했다.

“이런 내 정신 좀 보게. 어서들 먹거라.”

전란 통에 제대로 먹지 못해 늘 허기를 달고 살던 단이와 만돌은 구사맹의 말이 떨어지기 무섭게 국밥을 퍼먹기 시작했다.

“아까 하던 얘기는 어디서 들은 것이더냐?”

정신없이 국밥을 먹고 있는 단이에게 구사맹이 물었다. 그는 다대진에서 있었던 임진왜란 첫 승에 관한 이야기를 하고 다니는 어린 남매가 있다는 소문을 듣고 수소문 끝에 찾아온 터였다.

“그 야그는 다대진 군관 이무용이라는 아재한테서 들었심더. 그 아재가 왜군들한테서 우리도 구해줬어예”

단이는 들었던 숟가락을 다시 내려놓으며 다대진 군관 이무용에게서 들었던 이야기를 구사맹에게 전하기 시작했다.

조선군이 켜든 횃불로 부산진성이 불야성을 이루고 있었다. 성을 태울 듯 휘황찬란한 불빛이 채 닿지 않는 부산포 앞바다에 정박해 있던 왜선 700여 척 중 가장 화려하고 규모가 큰 아타케부네 선실 안에서 휘하 다이묘 등을 모아 놓고 부산진성 및 동래성 공략을 위한 작전 회의를 갖고 있던 고니시 유키나가는 다대진성 전투 결과를 접하고 대노했다.

"패전이라니!"

대노한 채 자리에서 일어난 고니시가 칼을 뽑아 들고 부산진성 내부 지도가 펼쳐져 있던 탁자를 내리쳤다. 곧 탁자가 힘없이 좌우로 쪼개지며 쓰러졌다. 치밀어 오른 화를 주체 못하고 힘을 준 탓에 칼자루를 쥔 그의 손가락에서 순식간에 핏기가 싹 가셨다. 선실 내 분위기 역시 그의 표정처럼 싸늘하게 얼어붙었다. 숨소리조차 들리지 않았다. 보다 못한 고니시의 사위이자 대마도주인 쇼요시토시가 급히 고니시를 만류하고 나섰지만 패전을 전한 다이묘와 왜장을 향한 고니시의 분노는 여전했다. 토요토미 히데요시로부터 조선정벌 제1선봉군 대장이라는 영예를 받들고 대마도를 떠난 지 불과 하루가 채 지나기도 전에 패전지장이 된 그였다. 이제 곧 조선 땅에 발을 들여 놓을 정적인 가토 기요마사의 비아냥거림과 자신의 주군인 토요토미 히데요시의 질책이 동시에 들리는 듯했다.

'패전 소식이 퍼지는 걸 막아야 한다.'

일본 최고의 지략가답게 고니시는 분노하면서도 한편으로는 머리를 굴렸다. 이번 패전 소식은 제1군 전체 사기에 치명적일 터였다. 만약 부산진성을 공격하기 전에 다대진에서의 패전 소식이 전해지게 된다면 병졸들 사이에는 조선군에 대한 공포가 자리하게 될 것이고, 이는 부하들의 전투력을 갉아먹게 될 것은 자명했다. 따라서 패전 소식이 선실 밖으로 새나가는 것을 막아야했다.

"오무라!"

고니시가 여전히 칼을 손에 쥔 채 바닥에 납작 엎드린 다이묘 오무라 요시아키를 불렀다. 오무라가 잔뜩 겁에 질린 채 고개를 들었다. 그의 몸이 마구 떨리고 있었다.

"다대진성을 지키고 있던 조선 장수는 누구냐?"

"조선수군 첨절제사 윤흥신이라는 자라 하옵니다."

고니시는 자신에게 첫 패전의 멍에를 씌운 조선 장수의 이름을 곱씹었다. 도저히 살려 둘 수 없는 자였다. 그러나 그보다 먼저 참해야할 자들이 있었다. 그는 주저 없이 다이묘 옆에 엎드린 왜장을 향해 칼을 내리쳤다. 곧 선홍 빛 붉은 피가 선실 내에 자리한 다이묘와 왜장들의 얼굴과 옷자락 위로 뿌려졌다. 순식간에 몸통에서 분리된 왜장의 머리가 바닥에 떨어지기 무섭게 고니시의 발 앞까지 굴렀다. 고니시는 그것을 한 발로 지그시 밟았다.

"어이 오무라! 지금 저놈의 부하들은 어디에 있느냐?"

패전의 장본인인 왜장의 목을 치고도 분이 풀리지 않은 고니시가 오무라를 무섭게 노려보며 물었다.

"서평진성에 머물고 있사옵니다."

목이 달아난 채 쓰러져 아직도 미세한 경련을 일으키고 있는 왜장의 몸통을 곁눈질하며 오무라가 떨리는 목소리로 말했다.

"네놈 손으로 이번 전투에서 살아 돌아온 놈들 전부 산채로 땅에 묻어라!"

서슬 퍼런 고니시의 명령에 바닥에 납작 엎드려 있던 오무라는 경악했다. 다대진성 공략에 참여 했다가 서평진성으로 퇴각한 부하들의 수는 무려 오백에 달했다.

"어찌 대답이 없느냐!"

주저하는 오무라를 향해 고니시가 쏘아붙이며 말했다.

"하! 장군!"

일단 자신의 목숨 부지가 급했던 오무라가 떨리는 목소리로 대답했다.

"장군! 재고해 주십시오! 내일 전투를 앞두고 수백의 부하들을 산 채로 땅에 묻는 다면 군사들의 사기가……."

분위기가 험악하게 돌아가자 쇼가 다시 한 번 고니시를 진정시키려 나섰다. 그러나 고니시의 분노는 이미 극에 달해 있었다.

"닥쳐라! 내 군사들의 사기는 이미 저놈이 서전에 패하는 바람에 모조리 바닥에 떨어진지 오래다!"

고니시는 버럭 소리를 질렀다. 그리곤 다시 단 위로 올라가 자리에 좌정하고서 쇼를 불렀다.

"지금 당장 척살조를 보내 다대진성 인근을 샅샅이 뒤져 성을 빠져나왔거나 혹은 빠져나오는 조선 놈들을 모조리 죽여라! 절대 인정을 두지 마라! 또한 네가 데리고 있는 암살조 중에서 최고의 정예를 뽑아 성을 빠져나와 북쪽으로 향하는 파발을 추격 주살하라! 알겠느냐! 무슨 일이 있어도 우리가 다대진성에서 패했다는 소식이 조선 조정이나 조선군 진영에 전해지는 것을 막아야 한다! 조선 놈들의 기가 살면 살수록 우리 군사들의 피해가 커진다! 명심해라!"

고니시의 명을 받은 쇼는 오무라를 데리고 그 즉시 자리에서 일어나 선실을 빠져나갔다.

"쇼군, 고정하시지요. 비록 서전에서 패하기는 했으나, 내일 부산진성을 함락시키고 난 다음에 군사를 보내 몰아치면 쉽사리 설욕을 할 수 있을 것이옵니다."

승려 겐소가 고니시의 눈치를 살피며 조심스럽게 말했다.

"내가 조선으로 출발하기 전부터 다대진성의 중요성을 누누이 강조하지 않더냐! 다대진성 자체로만 보자면 보잘 것 없는 변방 독진이 분명하다. 그러나 그 보잘 것 없는 독진에 인근 경상우수영 수군과 전선이 모여드는 날에는 도성을 향해 진격할 우리 군의 배후가 위험해진다! 더 나아가 전라좌수영과 전라우수영의 수군마저 다대진성에 결진하게 된다면 상황은 더욱 꼬이게 될 것이다."

고니시가 답답하다는 표정을 지으며 다대진성의 전략적 중요성을 역설하고 나섰다.

"그러나 경상우수사 원균은 성정이 난폭하고 지략에는 어두운 인사가 아니옵니까?"

원균에 대해서 제법 잘 알고 있던 겐소답게 그의 됨됨이를 언급하며 고니시의 염려가 지나치다는 것을 우회적으로 지적했다.

"지략에는 어둡지만 무모하지 않느냐! 원균은 조금이라도 틈이 보이면 그대로 파고들 놈이다. 자신이 죽든 말든 말이다. 그런 놈이 윤흥신과 만난다면 싸우기 힘든 적이 될 것이라는 것은 불문가지 아니겠느냐!"

고니시가 여러 다이묘와 왜장들을 향해 힘주어 말했다. 조금 전 왜장의 목이 달아나는 것을 목도한 탓에 잔뜩 군기가 든 다이묘와 왜장들이 서로 약속이라도 한듯이 절도 있게 동시에 고개를 한 번 숙였다가 다시 고개를 들었다.

"모두 돌아가 내일 있을 전투에 대비하라!"

고니시의 말이 끝나기 무섭게 다이묘와 왜장들이 자리에서 일어나 일사분란하게 선실을 차례대로 빠져나갔다. 빈 선실에 홀로 남은 고니시는 이를 악물고 주먹을 불끈 쥐었다.

'다대진성으로 원균이 1만2천에 달하는 경상우수군을 이끌고 결진하면 문제가 커진다.'

뜻하지 않은 첫 패배를 안은 고니시는 속으로 적잖이 걱정했다. 그는 원균이 신중하게 한 발 물러서서 전황을 살피며 경상우수영에 머물러 있기를 바랐다.

'적장이 신중해지길 바라다니, 얼마나 어처구니없는 일인가!'

조금 전 끝난 왜군과의 전투로 인해 다대진성 내부는 정신을 차리기 힘들 정도로 어수선했다. 몇 되지 않는 성내 약방마다 부상을 입은 군사들의 처절한 비명과 신음소리로 가득했고, 다대진의 동헌인 수호각 앞마당에는 아낙들이 수십 개의 대형 가마솥을 걸어 놓고 군사들에게 나눠줄 주먹밥과 미역국을 만드느라 손을 바삐 놀리고 있었다. 또 제법 머리가 굵은 아이들은 아낙들이 만든 주먹밥과 미역국을 성 위로 올라가 전투에 지친 군사들에게 나눠주었다. 막 전투를 치른 탓에 몹시 허기졌던 군사들은 주먹밥과 미역국을 게눈 감추듯이 먹고 마셔 없앴다. 성내의 남녀노소 모두가 할 일을 찾아 부산히 움직이고 있는 가운데 윤흥신은 자신의 집무실에서 조금 전 끝난 전투에 관한 승첩장계를 진리(鎭吏)의 손을 빌려 쓰고 있었다. 실로 난생처음 치러본 힘든 싸움이 아닐 수 없었다. 온종일 칼을 휘두른 탓에 두 팔이 후들거렸고, 거칠게 토해지는 숨결에서는 군사들을 독려하기 위해서 내지른 고함으로 인해 생채기를 입은 목청에서 올라오는 비릿한 피 냄새가 느껴졌다.

'오늘 매복치 않고 정면에서 맞붙었더라면 필시 우리의 패배였으리라.'

조금 전 끝난 전투를 통해 조총의 무서움을 절실히 깨달은 윤흥신은 내일 재개될 전투에서 희생될 부하들이 벌써부터 안타까웠다. 그때 문밖에서 인기척이 들렸다. 인기척의 주인은 군관 이무용이었다.

"첨사 영감, 찾아계시오니까?"

투구와 군관용 두정갑을 착용한 이 군관이 손에 칼을 든 채 군례를 취했다. 치열한 전투를 치른 직후라 이 군관의 얼굴과 손에는 크고 작은 상처와 검은 피딱지로 가득했다.

"너는 이 길로 동래부로 가 이 장계를 전하거라. 하나는 조정에 올릴 승첩장계이고, 또 하나는 동래부사에게 보내는 장계다. 반드시 오늘 밤 안으로 동래부에 전해야 한다. 필시 왜군의 척후가 곳곳에 포진해 있을 것이니 소로를 택해야 함을 각별히 유념하고."

윤흥신이 막 작성을 마친 장계를 각각 봉투에 담아 이 군관에게 전하며 말했다. 이 군관은 장계를 받아 품속에다 집어넣었다. 윤흥신이 이 군관의 어깨를 다독이며 빙긋 웃었다. 검법에 능할 뿐만이 아니라 침착한 성품과 진중함마저 갖춘 이 군관을 윤흥신은 신뢰했다. 그런 연유로 윤흥신은 다대진성의 안위가 달린 장계의 전달자로 이 군관을 뽑았다.

"한시바삐 경상우수영 전선과 경상좌병영 군사들을 이곳 다대진으로 결진토록 해야 한다. 그렇게만 된다면 왜군은 도성을 향해 쉽사리 진격하기 힘들 것이다."

"소관 목숨을 다해 소임을 완수하겠사옵니다."

"밖에 날랜 군사 열을 선발해 두었다. 데리고 가거라. 내 경상우수사와 연락이 되는 대로 전선을 구포로 보낼 것이다. 반드시 그 전선을 타고 돌아오너라."

당부를 마친 윤흥신은 탁자에 기대 세워 둔 칼을 집어 들고 이 군관과 함께 집무실을 나섰다. 칼과 활로 무장하고 밖에서 대기 중이던 10명의 군사들이 두 사람을 향해 일제히 군례를 취했다. 윤흥신은 그들을 살폈다. 진 내에서 활과 칼을 쓰는데 이름난 자들이었다. 이 군관이 직접 활과 칼 쓰는 법을 가르친 돌쇠와 무척이도 끼어 있었다. 모두 사기충천해 있었다.

"밥은 든든히 먹었더냐?"

한 차례 전투를 치렀음에도 불구하고 답하는 군사들의 목소리는 힘찼다. 윤흥신은 흡족해하며 이 군관과 군사들을 성의 서문인 영사루로 데리고 갔다.

"북문으로 통하는 길에는 필시 왜군의 척후가 있을 것이다. 그러니 서문으로 나가 장림포에서 배를 타고 구포를 통해 동래부로 가는 것이 좋을 것이다."

"소관의 생각도 그러하옵니다, 첨사 영감."

"어서 가거라. 네가 경상좌병영의 군사들과 함께 돌아오기 전까지 반드시 성을 지켜낼 것이다. 그러나 너무 늦지는 말거라. 내

수천의 왜적을 베기에는 몸이 너무 노쇠하구나."

"첨사 영감의 칼 솜씨라면 수천 아니 수만의 왜군이라도 능히 베실 것이옵니다."

"하하하. 그리 봐주니 갑자기 회춘하는 듯하구나."

한바탕 소리 내 웃은 윤흥신은 곧 성문을 지키는 병사들에게 신호를 보냈다. 곧 육중한 성문이 삐걱거리는 소리를 내며 열렸다.

"첨사 영감, 소관 다녀오겠사옵니다."

"시간은 왜군 편임을 잊지 말라."

"첨사 영감, 소관 명심하겠사옵니다!"

이 군관은 다시 한 번 윤흥신을 향해 목례를 한 후에 부하들을 데리고 성문을 빠져나가 어둠 속으로 빠르게 사라졌다.

'이 군관 부탁하네.'

윤흥신은 어둠 속으로 사라져 가고 있는 이 군관의 뒷모습을 향해 쓸쓸한 웃음을 지어 보였다. 사실 그는 경상우수사 원균과 경상좌병사 이각의 사람됨을 너무도 잘 알고 있었다. 원균은 용맹만 앞서는 아둔한 자였고, 이각은 너무나 약삭빠른 자였다. 각기 도움을 청하는 장계를 띄우기는 했으나 솔직히 기대는 하지 않았다. 다만 동래부사 송상현에게는 믿음이 갔다. 제승방략에 따라 경상좌병영 군사들은 이미 동래부에 와 있을 터였다. 그래서 원군을 청하는 장계를 경상좌병사가 아닌 동래부사에게 보낸 것이었다. 그리고 또 한 사람이 윤흥신의 머릿속에 맴돌고 또 맴돌았다.

'만약 경상우수사가 이순신이었다면 좋았을 텐데.'

곧 성문이 남해 저 멀리로 향한 윤흥신의 안타까워하는 시선을 가로 막으며 굳게 닫혔다.

한밤중에 칼을 뽑아 든 채 장림포를 향해 뛰는 이 군관의 숨은 이미 턱밑까지 차오른 상태였다. 예상대로 왜군들은 다대진성과 장림포를 잇는 길목이라는 길목은 모두 암암리에 차단한 상태였다. 가는 곳곳마다 낮에 당한 패전의 분풀이라도 하려는 듯이 왜군들이 백성들을 닥치는 대로 잡아 죽이고 있었고, 조금이라도 젊은 여인들은 열이면 열 모두 땅바닥에 내쳐진 채 험한 욕을 당하고 있었다.

'어쩔 수 없다.'

백성들의 수난이 안타까웠음에도 이 군관은 속에 품은 장계가 우선이라 여기며 부하들을 데리고 인적이 뜸한 곳을 찾아 분주히 뛰어다녔다. 그러나 왜군의 봉쇄는 치밀했다. 결국, 생각다 못한 이 군관은 부하들을 데리고 아미산 북쪽 산자락을 타고 오르기 시작했다.

보름에 가까운 달빛에 의지해 동물들이나 다닐법한 험한 길을 헤치며 정신없이 산길을 더듬어 오르던 이 군관이 뛰는 것을 멈추고 거친 숨을 몰아쉬며 뒤를 돌아봤다.

"나으리 왜 그라능교?"

역시 멈춰 숨을 몰아쉬던 돌쇠가 나직이 물었다. 이 군관은 대답대신 자신이 보는 방향을 턱짓으로 가리켰다. 돌쇠는 이 군관이 가리키는 방향으로 귀를 기울였다. 멀리서 바스락 거리는 소리가 들렸다. 돌쇠가 곧 뭔가 따라오고 있는 것 같다고 말했다. 추적자가 분명했다. 이 야밤에 산을 헤치며 자신들을 따라올 이는 왜군 이외에는 없었다. 아직 희미하기는 했지만 발자국 소리는 매우 빠르게 또렷해지고 있었다.

"모두 갑옷을 벗어라!"

생각 같아서는 매복하고 기다렸다가 추적해 오는 무리를 단번에 해치우고 싶었지만, 한시바삐 동래부로 가야 했던 이 군관은 몸을 가벼이 하고 달아나는 것을 택했다. 갑옷을 모두 벗어 던진 이 군관은 철릭 차림으로 다시 산자락을 뛰어오르기 시작했다.

"나으리요!"

이 군관이 입에서 단내가 나도록 숨을 몰아쉬며 산자락을 거의 타고 넘어 내리막으로 접어들었을 무렵이었다. 제일 뒤에서 따라오고 있던 부하 중 하나가 바짝 속도를 내 다급하게 이 군관 곁으로 따라 붙기 무섭게 뒤를 손을 들어 가리켰다. 이 군관은 호흡을 가다듬으며 부하의 손이 향한 방향을 노려봤다. 놀랍게도 발자국 소리가 또렷이 들려오고 있었다. 어림잡아 일각 정도면 따라붙을 거리였다. 이 군관은 당황했다. 따돌릴 수 있는 상대가 아니었기 때문이었다.

"나으리요, 이대로는 안 됩니더!"

돌쇠가 조용히 말했다. 이 군관은 돌쇠의 말에 동의했다. 그는 적당한 곳에 매복해 자신들을 뒤쫓는 정체불명의 무리들을 처리하기로 마음먹었다.

"놈들이 우릴 지나쳤을 때 기습할 것이다! 명심하거라!"

매복 지시를 마친 이 군관은 근처 소나무 뒤에 몸을 숨기고 천천히 환도를 빼 들었다. 부하들 역시 환도를 빼 들고 활줄에 화살을 먹였다. 바스락거리는 소리가 더욱 또렷이 들려오는가 싶더니, 이내 발걸음 소리로 바뀌어 들리기 시작했다. 잠시 후, 어둠 저편에서 검은 물체 하나가 불쑥 모습을 드러냈다.

'분명 5명 이상이라고 판단했거늘.'

예상보다 적은 추격자의 수를 의아해하던 이 군관은 숨을 죽이고 정체불명의 추격자를 조심스럽게 살폈다. 추격자는 온통 검은색 옷과 복면을 착용하고 있어 주위 어둠과 구분이 잘되지 않았다. 선명하게 들려오는 발걸음 소리를 바탕으로 위치를 파악한 이 군관은 건너 바위 뒤에서 활시위를 당기고 있던 부하를 향해 손짓했다. 곧 활이 살을 쏘아냈다. 졸지에 가슴팍에 화살을 맞은 복면인이 외마디 비명을 지르며 수풀 위로 쓰러졌다. 곧 이 군관이 부하 몇을 데리고 추격자가 쓰러진 곳으로 뛰어갔다.

"인마 이거 왜놈임더."

가슴팍에 화살을 맞고 자빠진 추격자의 복면을 벗겨낸 돌쇠가 말했다. 그때 갑자기 아래쪽에서 날카로운 바람 소리가 들려왔다. 동시에 이 군관의 곁에 서 있던 부하 2명이 얼굴을 감싸 쥐며 쓰러졌다. 이 군관은 급히 상체를 바짝 낮추며 바람 소리가 들린 곳을 응시했다. 다시 뭔가가 공기를 가르며 날아왔다. 깜짝 놀란 이 군관이 급히 환도를 들어 올렸고, 동시에 불꽃이 칼 언저리에서 튀었다.

"엄폐하라!"

당황한 이 군관이 소나무 뒤로 몸을 피하며 외쳤다. 곧 그가 몸을 숨긴 소나무에 뭔가 살벌한 소리를 내며 날아와 박혔다. 뽑아 보니 표창이었다. 그는 자신들을 쫓는 자들이 전문 살수임을 깨달았다. 곧 표창이 날아든 방향에서 다수의 복면인이 칼을 꼬나 잡고 득달같이 달려들었다. 이 군관 역시 소나무 뒤에서 뛰쳐나와 칼을 휘둘렀다. 곧 주변은 조선군이 쓰는 환도와 왜군이 쓰는 왜검이 공중에서 맞붙으며 내는 살벌한 쇳소리로 가득했다.

'빠르다!'

다대진은 물론이고 부산진 그리고 나아가 동래부에 소속된 군관들 중에서도 손꼽힐 만큼 검법에 능한 이 군관이었지만 자신의 목과 복부를 향해 쉼 없이 날아드는 왜검에 당황했다. 복면인은 불필요한 동작을 생략한 깔끔하고 효율적인 그리고 반 박자 빠른 칼놀림을 보여주고 있었다. 오랜 실전을 거친 놈이 분명하다 여겼다. 다행히 이 군관이 위쪽에 위치한 터라 그 반 박자를 겨우 상쇄하고 있었다. 상대와 몇 차례 칼을 섞은 이 군관은 자신의 상대가 현란한 칼솜씨에 비해 힘이 부족하다는 것을 간파하고는 칼자루를 양손으로 쥐고서 우악스럽게 힘으로 밀어붙였다. 순간 힘에 눌린 복면인의 칼이 살짝 옆으로 튕겨졌다. 그 틈을 놓치지 않고 이 군관의 칼끝이 복면인의 면상을 찔러 들어갔다. 칼끝에서 두터운 뼈가 뚫리는 느낌이 전해져 왔다. 버겁던 적 1명을 처치한 이 군관은 서둘러 다음 표적을 찾았다. 그러나 여기저기 쓰러져 있는 부하들이 눈에 먼저 들어왔다.

"나으리요! 여는 우리가 맡을 테니 어서 가이소!"

이미 몸 이곳저곳에 생채기를 입은 돌쇠가 이를 악물고 복면인의 공격을 막아내며 큰소리로 외쳤다. 곧 근처에 있던 부하 하나가 다시 쓰러졌다.

"그럼 부탁한다!"

이 군관은 가슴에 품은 장계를 손으로 한 번 어루만진 후, 재빨리 몸을 돌려 근처에 있던 부하 둘과 함께 장림포를 향해 달음질

쳤다. 등 뒤로 조총소리와 구슬픈 비명이 연달아 들려왔다. 뒤에 남겨진 부하들의 운명은 뻔했지만 어쩔 수 없었다. 한시바삐 구포로 가야했다. 벌써 달이 서산과 가까워지고 있었다.

이 군관이 산속을 벗어나기 무섭게 장림포구가 눈에 들어왔다. 환한 달빛 아래 보이는 장림포 일대에는 크고 작은 불길이 여기저기서 치솟고 있었다. 왜군들이 노략질을 하고 지른 불에 초가집들이 하염없이 타오르고 있는 중이었다. 포구 주변도 마찬가지였다. 짐 대신 불길을 가득 품에 안은 배들은 힘없이 강 위를 떠다니고 있었다. 뒤 따르던 부하 중 하나가 장림포까지 왜군들이 들어온 모양이라며 걱정스레 말했다. 이 군관은 갈등했다. 왜군이 득실대는 장림포를 뚫고 포구에 도착한다고 해도 멀쩡한 배를 찾을 수 있을지 장담키 어려운 상황이었다. 시간은 왜군 편이라고 했던 윤 첨사의 당부가 귓전을 맴돌았다.

"할 수 없다. 정면 돌파한다. 앞은 내가 맡을 테니 너희들은 뒤를 맡아라!"

아무래도 배편이 유리하다 여긴 이 군관은 칼을 고쳐 잡고 장림포를 향해 다시 뛰기 시작했다.

며칠 전까지만 해도 평화롭기 그지없었던 장림포는 그야말로 아비규환이었다. 여기저기서 왜군들의 약탈과 부녀자들 겁탈이 벌어지고 있었다. 그 혼란을 용케 헤치고 정신없이 포구를 향해 뛰던 이 군관 일행 앞으로 왜군을 피해 달아나던 아낙들이 끼어들었다. 운 나쁘게도 그 아낙들을 쫓던 왜군의 무리와 맞닥뜨렸다. 이 군관이 가장 앞서 있던 왜군을 향해 다짜고짜 칼을 휘둘러 그의 머리를 몸통에서 분리시켰다. 뜻하지 않은 상황에 놀란 십여 명의 왜군들이 일제히 달려들었다. 금세 또 다른 왜군의 머리가 이 군관의 칼에 의해 땅바닥으로 떨어졌지만 단병접전에 강한 왜군들인 탓에 이 군관은 시간이 갈수록 수세에 몰렸다. 근처에서 역시 힘겹게 왜군들과 싸움을 벌이던 무척이가 이 군관에게 피하라고 외쳤다. 이 군관은 왜군과 선착장을 번갈아 쳐다봤다. 부하들을 내버려 두고 가는 것이 죽기보다 싫었지만 지금은 장계를 전달하는 것이 중했다. 곧 마음을 정한 이 군관은 곧 자신을 향해 달려드는 왜군을 내리쳐 어깨를 베고 난 후에 몸을 돌려 사력을 다해 선착장을 향해 뛰었다. 곧 등 뒤에서 무척이의 구슬픈 비명 소리가 들려왔다. 이어 나머지 부하의 비명 소리도 들려왔다. 이 군관은 뛰는 것을 멈추지 않았다. 그러나 속마음만큼은 몸을 돌려 달려가 쓰러진 부하들의 몸을 일으키고 오열하고 있었다.

'진정 미안하구나.'

이 군관은 잠시 숨을 거둔 채 쓰러져 있는 부하들을 바라본 후 그대로 선착장을 향해 뛰었다.

그러나 천신만고 끝에 도착한 선착장 역시 왜군들이 이미 장악한 뒤였다. 이 군관은 선착장 근처에 몸을 숨기고 가쁜 숨을 고르며 주변을 살폈다. 다행히 아직 불에 타지 않은 나룻배가 몇 척 보였지만, 왜군 셋이 배에 숨어 있던 백성들을 찾아내 마구잡이로 베는 중이었다. 칼을 맞은 백성들은 외마디 비명을 내지르며 차례대로 고꾸라졌다. 왜군들이 다시 나룻배를 뒤져 숨어 있던 여자 아이와 남자 아이 하나를 찾아내 뭍으로 끌어냈다. 힘없이 뭍으로 끌려 나온 아이들은 연신 살려달라고 빌었다. 왜군 중 하나가 여자 아이의 저고리를 사납게 찢었다. 여자 아이가 여물지 못한 자신의 젖가슴을 두 손으로 가리며 비명을 내질렀다.

"짐승만도 못한 놈들!"

세 명의 왜군들은 모두 등을 보인 채 낄낄거리며 여자 아이의 속살에 정신이 팔려 있었다. 이 군관은 칼의 사정거리에 들어 온 왜군의 몸통을 사정없이 내리쳤다. 곧 서걱하는 소리와 함께 왜군의 상체가 사선으로 분리된 채로 양쪽으로 무너져 내렸다. 동료가 쓰러진 것을 본 나머지 왜군들이 황급히 몸을 돌리고서 칼을 꼬나 잡았다. 그러나 둘 모두 여자 아이를 겁탈할 요량으로 허리띠를 푼 탓에 바지가 발목에 걸려 있던 터라 행동이 부자연스러웠지만 가까스로 이 군관의 공격을 막아냈다. 칼과 칼이 맞부딪치며 사방으로 불꽃이 튀었다. 하지만 왜군들은 발목에 걸린 바지가 행동을 제약하고 있는 탓에 이 군관의 칼을 막기에는 역부족이었다. 이 군관은 왜군이 허공으로 칼을 휘두른 틈을 노려 발을 들어 그의 가슴팍을 강하게 차 넘어뜨렸다. 그리곤 번개같이 달려들어 아랫도리를 훤히 드러낸 채 쓰러진 왜군의 가슴팍에다 칼을 찔러 넣었다. 그때 또 다른 왜군이 이 군관의 뒤를 노리고 달려들었지만 그는 침착하게 칼을 뽑기 무섭게 몸을 돌려 달려드는 왜군의 목에다 다시 칼을 박아 넣었다.

"괜찮으냐?"

왜군을 물리친 이 군관이 오들오들 떨고 있던 여자 아이와 남자 아이에게 바짝 다가가 앉으며 물었다.

"괜찮아예."

여자 아이가 찢어지고 풀어진 저고리를 서둘러 고쳐 입으며 말했다.

"나와 함께 가겠느냐?"

이 군관이 여전히 함성과 비명이 교차하며 들리고 있는 장림포구를 불안한 눈초리로 살피며 물었다.

"어데로 가는데예?"

남자 아이가 바닥에 널브러진 패물과 엽전 따위를 주워 들며 물었다. 이 군관이 구포로 간다고 하자 아이들은 마침 구포로 가려 했다며 따라가겠노라 말했다. 한시가 급했던 이 군관은 대답을 듣기 무섭게 여자 아이와 남자 아이를 데리고 나룻배에 올라 삿대로 배를 선착장에서 밀어냈다.

"이름이 뭐냐?"

나룻배가 포구를 벗어나 북쪽으로 향할 무렵 노를 젓고 있던 이 군관이 여자 아이에게 물었다.

"단이라캅니더. 야는 만돌이라카고예."

두 아이의 나이는 각각 12살, 9살이었고, 부모는 조금 전 왜군의 칼에 죽었다 했다. 이 군관은 혀를 찼다. 전쟁이라는 험한 일을 겪기에 눈앞의 오누이는 너무도 어렸다. 앞으로 얼마나 많은 조선의 아이들이 이들과 같은 상황에 놓이게 될지 모를 일이었다. 그 때문인지 이 군관의 손에 잡힌 노가 더욱 빠르게 움직였다. 다행히 밀물이라 노질도 수월했다. 덕분에 배는 구포를 향해 쉽사리 거슬러 올랐다. 화광이 충천한 장림포구가 점점 아득해져 갔다. 더는 추격자가 없어 이 군관은 안도했다.

어느덧 달이 서산으로 기울고 있었다. 잔잔한 강물에 비친 달빛이 이 군관이 저어대는 노에 자꾸만 부서지고 있었다. 아미산 정상과 접한 하늘에 아주 희미하게 붉은 기운이 감돌고 있었다. 그런데 배가 장림포구를 벗어나고 오래지 않아 강변의 무성한 갈대밭에서 작은 조각배가 쏜살같이 빠져 나오는가 싶더니 이내 이 군관이 탄 나룻배를 향해 빠르게 접근해 왔다. 이 군관은 바짝 긴장했다. 조각배 위에는 검은 복장 차림의 사내 둘이 열심히 삿대를 밀어 대고 있었다. 낭패였다. 이 군관은 그제야 복면인들이 노리는 것이 자신이 품고 있는 승첩장계라는 것을 알아차렸다. 곧 배와 배 사이가 빠르게 줄어들었다. 도저히 따돌릴 수 없음을 직감한 이 군관은 아이들에게 엎드려 있으라고 말한 다음, 노를 배 위로 끌어 올리고 칼을 꼬나 잡았다. 싸움은 피할 수 없었다. 어쩌면 육지보다 배 위가 싸우기 편할 수도 있었다. 다행히 그는 수군이었다. 흔들리는 배 위에서의 싸움은 자신이 유리하다 여겼다. 그러나 단번에 싸움을 끝내야 했다. 싸움을 길게 끌 체력이 그에게는 거의 남아 있질 않았다.

곧 배와 배 사이의 간격이 삿대 길이만큼 좁아졌을 때 복면인들이 훌쩍 뛰어 올라 순식간에 이 군관이 탄 배에 옮겨 탔다. 충격에 배가 출렁거렸다. 이 군관이 복면인들이 미처 균형을 잡기 전에 벼락같은 기합과 함께 선제공격을 가했다. 놀랍게도 복면인들은 노련하게 상체를 비틀어 가볍게 이 군관의 칼을 피해냈다. 덕분에 칼을 찔러들어간 이 군관의 상체가 무방비로 노출되었다. 복면인들은 그 틈을 놓치지 않고 칼을 찔러 들어왔다. 아차 싶었던 이 군관은 황급히 뒤로 물러났다. 그러나 그 전에 복면인 중 하나가 휘두른 칼에 그만 허벅지를 베이고 말았다. 곧 선홍색 피가 툭 벌어진 생채기를 통해 뿜어져 나왔다. 치명상을 입은 이 군관이 비틀거렸다. 또 다른 복면인이 비틀거리는 그의 어깨를 향해 칼을 내리쳤다. 놀란 이 군관이 뒤로 쓰러지다시피하며 칼을 들어 올려 겨우 날아드는 칼을 막아냈다. 동시에 먼저 공격을 가한 복면인이 칼을 고쳐 잡고서 그의 가슴팍을 향해 칼을 찔러왔다. 깜짝 놀란 이 군관은 양손으로 잡고 있던 칼자루를 한 손으로 고쳐 잡고 다른 손으로 자신을 향해 찔러 오는 칼을 있는 힘을 다해 붙잡았다. 순간 칼을 쥔 그의 손에서 피가 아래로 주루룩 흘러내렸다. 간신히 임기응변으로 공격을 막아내긴 했으나 맨손으로 복면인의 칼을 또한 저지하기 어려웠다. 게다가 위에서 내리누르고 있는 칼 역시 더 이상 막을 수 없는 형편이었다. 그대로 있다가는 자신의 어깨와 가슴팍에 칼이 파고 들것만 같았다. 잠시 세 사람의 전투가 마치 정지장면처럼 멈췄다. 그러나 조금씩 복면인들의 칼이 이 군관의 몸통과 가까워져 갔다. 생각 끝에 이 군관은 자신을 찔러 들어오고 있는 복면인의 힘을 역 이용하기로 했다.

"이야앗!"

이 군관은 손에 쥐고 있던 칼의 방향을 사력을 다해 바로 옆에서 자신의 어깨를 베기 위해 칼을 내리 누르고 있던 복면인의 복부를 향해 틀기 무섭게 쥐고 있던 칼끝을 놓아버렸다. 순간 장애물이 치워진 칼은 또 다른 복면인의 복부를 향해 찔러 들어갔다. 예상치 못한 일격을 당한 복면인은 들고 있던 칼을 힘없이 떨어뜨리고는 자신의 복부에 꽂힌 칼을 양손으로 붙잡고 그대로 뱃바닥에 무릎을 꿇었다. 뜻하지 않게 동료를 찌른 복면인은 황급히 칼을 거둬들이려 했지만 동료의 복부에 꽂힌 칼은 쉽사리 뽑히지 않았다!

이 군관은 절호의 기회를 놓칠 수 없었다. 그는 들고 있던 칼을 돌려 잡기 무섭게 동료의 배에 꽂힌 자신의 칼을 뽑기 위해서 안간힘을 쓰고 있던 복면인의 면상을 향해 던졌다. 사력을 다해 던진 그의 칼은 그대로 복면인의 한쪽 눈을 뚫고 들어가 반대쪽으로 툭 튀어나왔다. 그 충격으로 복면인의 상체가 뒤로 벌러덩 넘어갔다. 가까스로 자신을 추격하던 복면인들을 물리친 이 군관은 뱃바닥에 쓰러져 거친 숨을 몰아쉬었다. 곧 베어진 허벅지에서 화끈한 통증이 밀려왔다. 그는 다시 몸을 일으켜 허벅지의 상처를 살폈다. 이미 출혈이 상당했다. 그대로 있다가는 얼마 안가 숨이 끊어질 판이었다. 벌써 머리가 어지러웠다. 우선 급한 대로 주위에 널브러져 있던 줄을 끊어내 상처 위를 싸맸다. 그리곤 다시 뱃바닥에 쓰러졌다.

바닥에 쓰러진 이 군관의 의식은 그 끝을 모른 채 무너져 내렸다. 시간이 얼마나 흘렀을까? 목이 몹시도 말랐다. 얼굴도 화끈거렸다. 허벅지 부근에서 이루 말할 수 없을 정도로 심한 통증도 느껴졌다. 바닥이 부드럽게 흔들리고 있는 것도 느껴졌다. 곧 청량한 느낌이 입가에서 전해져 왔다. 그 느낌이 물이라 여긴 이 군관은 눈을 떴다. 단이가 바가지를 입에다 대고 있는 것이 보였다. 그는 상체를 일으켜 미친 듯이 물을 마셨다.

"아재, 체하겠십니더."

곁에서 줄곧 간호를 하고 있던 단이가 걱정스럽게 말했다. 그러나 이 군관은 아랑곳 않고 기어코 바가지 속에 담긴 물을 모두 다 마셨다.

“여긴 어디냐?”

물을 마시고 겨우 정신이 든 이 군관이 주위를 살피며 물었다.

“이제 얼마 안 있으면 구포라예.”

구포라는 말에 이 군관은 주위를 살폈다. 주변 풍광이 눈에 익었다. 그러나 중천에 뜬 해를 보고는 이 군관은 아연실색했다.

“내가 얼마나 정신줄을 놓고 있었던 게냐?”

단이는 이 군관이 꼬박 반나절을 혼절해 있었다고 말했다. 낭패였다. 반나절이라니? 다대진의 상황은 한시가 급했다. 어쩌면 지금쯤 전투가 치러지고 있을 지도 모를 일이었다. 마음이 급해진 이 군관은 즉시 몸을 일으켜 노를 잡으려 했다. 그러나 몸이 말을 듣지 않았다. 허벅지를 보니 흰 천이 감겨 있었다. 누가 치료했음이 분명했다.

“아재 상처가 하도 깊어가꼬, 근처에 잘 아는 약초 할배한테 보였더니 대충 치료해줬심더. 할배가 위험하다카면서 얼른 의원한테 가라고 했심더.”

말을 마치기 무섭게 단이가 노를 잡고 만돌과 함께 호흡을 맞춰 노를 젓기 시작했다. 어촌에서 자란 아이들답게 노를 매우 능숙하게 저었다. 하지만 아이들 힘이라 배는 이 군관이 젓던 때보다 그리 빠르지 못했다.

‘첨사 영감. 조금만 버티십시오. 소관이 장계를 동래부사께 반드시 전하겠사옵니다.’

이 군관은 뱃전에 비스듬히 기대앉은 채 이제는 거의 희미하게 보이는 아미산 정상 언저리를 쳐다봤다. 배 위에는 죽어 자빠진 복면인들이 죽었던 자리를 그대로 지키고 있었다.

"저기 구포가 보입니더."

단이가 얼굴에 흥건히 맺힌 땀방울을 손등으로 훔치며 말했다. 이 군관은 고개를 돌려 뱃머리 쪽을 쳐다봤다. 규모가 큰 촌락이 보였다. 그런데 포구 입구에 수많은 배들이 나오고 있는 중이었고, 배 위에는 예외 없이 짐을 이고 진 사람들로 빼곡했다. 왜란 소식을 접한 피난민 행렬이 분명했다.

"다 왔심더. 아재, 쪼매만 참으소."

단이가 노를 더욱 힘차게 저으며 말했다. 이내 나룻배는 포구를 빠져 나오는 배를 용케 피하며 선착장으로 들어섰다.

"모두 내리거라!"

그러나 이 군관이 탄 배가 선착장에 접안하기 무섭게 조선군들이 득달같이 달려들어 다짜고짜 이 군관 일행을 내리라고 재촉했다.

"이건 우리 배라예. 왜 내리라고 합니꺼?"

단이가 아무런 소용없는 앙칼진 저항을 했다.

"어허! 나라에서 쓸 것이다! 어서 내리거라!"

함부로 배에 올라탄 군사들이 단이와 만돌을 안아다가 뭍에 내려놓았다.

"이보거라! 여기 지휘 장수가 누구냐?"

이 군관이 힘겹게 몸을 일으켜 복면인의 머리에 꽂힌 자신의 칼을 뽑아 들어 지팡이처럼 짚고 선 채 말했다.

"나다. 누구냐? 혹 조선군이더냐?"

푸른색 두정갑을 걸친 장수가 앞으로 나서며 말했다.

"소관은 다대진 군관 이무용이라고 하오이다. 혹 동래부에서 나오셨소이까?"

"아니다. 우리는 경상좌수영 소속 수군들이다. 나는 경상좌수사를 모시고 있는 우후 박두수라고 한다. 꽤나 중한 싸움을 치른 모양이구나."

우후가 이 군관의 몰골을 바라보며 말했다.

"지금 소관의 몸이 중한 것이 아니요. 여기 이것을 한시바삐 동래부사께 전해야 하오이다."

이 군관이 떨리는 손으로 품에서 서찰 두 통을 꺼내들었다. 그것을 본 우후가 부하들에게 명해 이 군관을 부축해 뭍으로 데리고 나왔다. 곧 서찰을 받아 든 우후는 대뜸 봉투를 뜯고서 장계를 꺼내 읽기 시작했다. 이 군관은 그것을 제지하려 하였으나 서 있기조차 힘든 그의 몸 상태로는 아무것도 할 수 없었다. 장계를 읽어 내려가던 장수는 놀라움을 금치 못했다.

"나으리, 뭘 그리 놀라십니까?"

옆에 서 있던 좌수영 군관 하나가 우후 곁으로 다가가 까치발을 하고 서찰을 넘겨다봤다. 그리곤 깜짝 놀라며 되물었다.

"승첩장계가 아니옵니까?"

"다대진 첨절제사 윤흥신이 13일 왜군 1천을 상대로 싸워 이겼다는구나."

"그럴 리가 있사옵니까? 조금 전에 부산진이 단 두 시간 만에 왜군에 짓밟히고 군민이 몰살당했는데요."

우후는 믿을 수 없다는 듯이 이 군관을 다그쳐 장계의 내용이 사실인지 물었다. 이 군관은 마른 침을 삼켜가며 13일 올린 임진왜란 서전의 전투 과정을 소상히 설명했다. 설명을 듣고 난 우후는 또 다른 서찰을 꺼내 들고 읽었다. 이번에는 윤흥신이 경상우수영 수군과 전선을 다대진으로 결집시키고 구포로 협선을 보낼 테니 경상좌병영 군사들을 다대진으로 보내달라는 내용이었다.

"나으리! 경상우수영 수군들과 경상좌병영 군사들이 다대진으로 결집한다면 싸울 만하지 않겠사옵니까?"

서찰 내용을 본 좌수영 군관이 반색하며 말했다.

"아까 동래성 상황을 보고도 그런 말이 나오느냐! 이미 경상좌병사는 군사들을 이끌고 소산역으로 물러섰고, 우리 역시 울산 좌병영으로 후퇴 중이 아니냐. 게다가 경상우수사는 절대 오지 않을 것이다. 그는 수군이 아니라 뼛속까지 육전을 즐기는 육군 장수이니라. 모르긴 몰라도 그 역시 전선을 모두 자침시키고 육전을 준비 중일 것이다."

"그럼 어찌합니까?"

"어쩌기는 장계를 없애야지. 이 장계가 조정에 전해지는 날이 바로 우리 제삿날이다. 이 왜란의 첫 장계는 반드시 우리 좌수사 영감이 올려야 한다. 그 길만이 좌수사 영감이나 우리가 목숨을 부지할 수 있음이야!"

박 우후가 목소리를 바짝 낮춰 말했다.

"허면 저 군관은요?"

좌수영 군관이 얼굴에 핏기가 싹 가신 채 바닥에 앉아 있는 이 군관을 슬쩍 쳐다보며 물었다.

"그대로 놔둬라. 보아하니 피를 너무 많이 흘려 곧 숨이 끊어질 듯하다. 우린 한시바삐 징발한 배에 좌수영 수군을 태우고 언양으로 올라가야 한다. 그것이 좌수사 영감의 명이지 않느냐. 서둘러라!"

우후의 명에 따라 잠시 멈춰졌던 좌수영 군사들이 다시 움직였다. 그들은 주위에서 징발한 나룻배에다 짐과 무기 그리고 서책 따위를 닥치는 대로 마구 실었다. 오래지 않아 근방에 있던 수백에 달하는 좌수영 군사들이 모두 배에 올라탔다.

"이 군관, 여기서 기다리게 내 동래부에다 기별을 넣어 두었으니 곧 사람들이 올게야. 우리는 명을 받은 것이 있어 먼저 자리를 뜨네."

말을 마치기 무섭게 우후는 이 군관이 전해 준 장계를 그대로 품속에다 넣은 채 서둘러 배에 올랐다.

"이…이보시오! 장계는 주고 가시요! 그걸 가져가면 어쩐단 말이요!"

선착장을 떠나는 나룻배를 향해 이 군관이 다급하게 외쳤다. 그러나 그의 외침은 곁에 있던 단이와 만돌에게 조차도 들리기 힘들 정도로 작았다. 그나마도 힘이 달려 더 이상 지를 수 없었다. 곁에 있던 만돌이가 배에 올라탄 이들이 향하는 곳이 언양이며, 경상좌병사 역시 동래성을 빠져나와 다른 곳으로 갔음을 알려줬다. 그 말에 이 군관은 절망했다. 경상좌수영 수군들이 낙동강을 거슬러 언양으로 후퇴하고, 경상좌병사가 동래성을 빠져나왔다면 조금 전에 만난 좌수영 우후는 지금 적을 앞에 두고 도망치고 있는 것이 분명했다. 그렇다면 자신이 건네준 장계가 동래부에 전달될 리가 없었다.

"아재, 괘안습니꺼?"

단이가 더욱 창백해진 이 군관의 낯빛을 걱정스레 살피며 말했다. 그때 이 군관은 깨달았다. 적어도 다대진에서 거둔 첫 승전을 세상에 전할 방법이 있다는 것을.

"내 너희들에게 부탁이 있구나."

"몬데예? 말하이소. 우리 목숨을 구해준 아잰데 뭔들 못 들어주겠능교."

"지금 내가 하는 말을 조선의 주인에게 좀 전해다오."

"조선의 주인요? 상감마마 말입니꺼?"

"아니다. 조선 백성들 말이다."

"참말로 희안하네예. 조선의 주인이 임금이 아니고 백성이라카이. 뭐 그렇다면 안 어렵습니더."

단이가 자신 있다는 투로 말했다. 이 군관은 남은 생명의 진기를 모두 끌어올려 다대진에 있었던 일을 단이에게 소상히 설명했다. 단이는 마치 귀에다가 새기기라도 하겠다는 듯이 귀를 쫑긋 세우고 경청했다.

"그리고 내가 절대 조…조선군의 칼에 쓰러졌다 세상에 전하지 지 마라. 온 조…조선이 하나 돼 싸워도 이기기 힘든 왜군이니…라. 그러니 절대……."

이미 왜군의 막강함을 경험한 이 군관은 단 한 명의 조선군이라도 싸우기를 원했다. 자신을 해한 이들이 형장에서 조선인의 손에 죽는 것보다는 왜군과 싸우는 전장에서 죽는 것이 조선을 위해 바람직하다 여긴 것이다. 이 군관은 두 눈을 부릅뜨고 다시 한 번 더 당부하려 애썼으나 더는 자신의 목소리가 들리지 않았다. 곁에서 자신을 부르는 단이의 목소리마저도 아득하게 느껴졌다. 그리고 단이의 울부짖음이 완전히 먹먹해졌을 때, 이 군관의 두 눈에서 세상의 모든 빛이 영원히 꺼져버렸다.

이야기를 듣고 난 구사맹은 고개를 끄덕이며 탄식했다.

"아재가 그랬심더. 조선의 주인에게 다대진성에서 올린 승전보를 전하라꼬요. 그래서 그날부터 지금까지 죽을 고비를 넘겨가며 장터를 찾아다니고 있는 거라예."

대답하고 난 단이는 울먹이며 국밥을 다시 떠먹기 시작했다. 구사맹은 아이들이 필사적으로 먹고 있다는 걸 느꼈다. 결코 살기 위해 먹는 것이 아니었다. 단지 세상에 이 군관의 이야기를 전하기 위해 먹고 있었다. 안쓰러웠다. 아이들이 짊어지기에는 너무도 막중한 당부라 여겼다. 순식간에 그득하던 국밥이 모두 비워졌다. 숟가락을 내려놓은 두 아이는 감사의 인사를 전하곤 아직 만나지 못한 조선의 주인들이 많다며 구사맹이 잡을 사이도 없이 그대로 주막을 빠져나갔다. 자리에서 일어나 장터를 가로질러 뛰어가는 남매의 뒷모습을 잠시 바라보고 섰던 구사맹은 곧 평양의 임시 거처로 돌아왔다.

거처로 돌아온 구사맹은 서책이 놓인 책상 앞에 앉았다. 서책 표지에는 '난후조망록(亂後弔亡錄)'이라 쓰여 있었다. 서책을 뒤적이던 그는 '사절조(死節條)'라 쓰인 부분을 펼치고서 붓을 집어 들었다.

"그렇다면 이번 왜란의 첫 승전은 이 통제사의 옥포해전이 아니라 윤 첨사의 다대진 전투가 되는 건가."

잠시 고민하던 구사맹은 붓에다 먹을 찍어 원래 쓰여 있던 글자들을 지우고 옆 여백에다 새 글을 적기 시작했다.

- 다대포 첨사 윤흥신. 왜적이 성을 둘러쌌는데 힘껏 싸워 물리쳤다. '내일 만일 많은 적병이 와서 공격하면 견디기 어려울 터이니 성을 버리고 나가 피하는 것만 같지 못하다.'라고 누군가 말하니, 윤흥신은 '죽음이 있을 뿐이다. 어찌 도망가겠는가.'라고 하였다. 과연 많은 적이 몰려오자 군졸들은 모두 도망가고 윤 공만 홀로 종일 적을 향하여 활을 쏘다가 성이 함락되자 죽었다.

- 이를 두고 시를 지어 애도하기를 '여러 고을들은 모두 도망가서 텅텅 비었는데, 죽는 것이 분수라는 말로 혼자 충절을 다했네. 휘하의 군졸들까지 흩어지지 못하게 했다면, 외로운 성 지키는 큰 공 이룰 수 있었을 것을.'이라 했다.

끝.

함양 황석산성(咸陽 黃石山城)

경상남도 함양군 서하면 봉전리 산 153-2관련항목 보기에 있다. 이곳은 함양군과 거창군과 상당히 이격된 지점에 해당한다는 점에서 고려시대 입보용산성의 입지와 유사하다.

산성에 대한 기록은 조선시대 문헌에 다양하게 확인되고 있는데, 1410년(태종 10) 『태종실록』 2월 29일 기사에 '경상도, 전라도 여러 고을의 산성을 수축하였다. 창녕현의 화왕산, 감음현(感陰縣)의 황석산(黃石山)……'라고 나와 있으며, 조선 후기에 제작된 『여지도서』에는 '이 산성은 고려 때부터 있었는데, 이후에 못쓰게 되었으나 손질하지 않았다. 만력(萬曆) 정유왜란[1597] 때에 현감 존재 곽준이 용감하게 의병을 일으켜서 자신이 몸소 돌을 져다 날라 성과 방어도구를 손질하였다.'고 나온다. 또한 『세종실록지리지』에서는 '황석산석성(黃石山石城)은 현 서쪽 25리에 있다. [둘레가 1천 87보105]인데 안에 시내 하나가 있고, 또 군창(軍倉)이 있고, 함양 군창에서도 아울러 들여다 둔다'고 했다. 그 뒤 성종 때에는 '조위가 황석산 성중에 간직한 곡식 70석을 가까운 성으로 옮겨 두게 하기를 청하였다'라 하고 있으므로 이 산성은 고려시대에 축성되었음을 알 수 있다.

출처 _ 디지털함양문화대전

황석산성(黃石山城) 전투

*이 소설은 정유년인 1597년 8월 14일부터 8월 17일까지
약 4일간 경남 함양 황석산에서 벌어졌던 황석산성 전투라는
역사적 사실을 기반으로 하였습니다.

'차라리 죽고 싶다!'

목덜미에서 지독한 한기가 느껴져 온다. 마치 얼음으로 만들어진 도끼가 목덜미를 내리 찍는 듯했다. 덕분에 목테에 연결된 굵직하고 묵직한 쇠사슬의 무게를 간신히 견뎌내고 있는 목덜미가 그믐달 얼어붙은 강처럼 금방이라도 산산이 깨질 것만 같다. 숨이 끊어질 듯한 한기에 몸뚱이는 본능적으로 옷깃을 바짝 여민다. 그러나 손에 잡히는 옷깃 따위는 없다.

무심코 아래를 내려다본다. 입고 있어야 할 바지와 걸쳐져 있어야할 저고리는 이미 몇 조각 천으로 변해 성한 곳이라고는 한 군데 찾아보기 힘들 정도로 생채기가 깊게 팬 나신을 겨우 가리고 있을 뿐이다.

평소에는 결코 드러내지 않을 성기마저 볼썽사납게 삐죽이 드러나 보인다. 부끄러움 따위는 느껴지지 않는다. 오로지 죽고 싶다는 생각밖에 들지 않는다. 하지만 죽음조차 허락되지 않았다.

낮이고 밤이고 걸어야 했다. 조금이라도 걸음이 늦춰졌다 싶으면 어둠 깊은 곳에서 어김없이 가죽 채찍이 날아들어 얼마 남지 않은 옷 조각과 살갗을 인정사정없이 찢어 댄다. 한 사람에게 날아든 채찍에 수백 명의 발걸음이 절로 빨라진다. 그 무리 속에 사람은 단 한 사람도 없다. 모두 제 목숨을 지키려는 본능에 충실한 동물만 남아 꿈틀대고 있을 뿐이다.

걷고 또 걷는다. 낮인가 싶으면 다시 밤이고, 동틀 무렵 동녘을 물들이던 새벽노을은 어느새 선홍빛으로 서쪽 하늘을 물들이며 스러져 간다. 채찍에 떠밀려 끊임없이 걸었다. 그 사이 강은 산이 되고 산은 다시 해변이 된다. 오랜 세월 다져진 오솔길은 수백, 수천 그 수를 헤아릴 수 없는 조선인의 발에서 흐른 피로 인해 진창이 되고, 걷기는 더욱 힘들다.

터지고 아물기를 반복하던 발바닥에서 이제 더는 고통이 느껴지지 않는다. 대신 헤지고 터진 발바닥을 통해 빠져나간 피로 인해 타는 듯한 갈증이 밀려온다.

쇠사슬에 연결된 채 앞서 걷고 있는 조선인들이 내뿜는 숨결에서 진한 피 냄새가 풍겨와 역시 쇠사슬에 연결된 채 뒤따르고 있는 수백의 조선인들에게 몰려간다. 갈증의 내음은 죽고 싶다는 생각 대신에 죽기 전에 제발 물 한 모금이 절실하게 만든다. 하지만 절정에 달하던 갈증은 사위가 어둠에 젖어들 무렵, 공포로 바뀐다.

밤이다. 두렵다. 밤이 두렵다. 곧 차가워진 밤공기를 타고 조선 여인들의 처절한 비명이 들려온다. 어떤 때는 어린 여자 아이의 울음소리가, 어떨 때는 성숙한 중년 여성의 비명과 울음소리가 들려온다. 낄낄거리는 왜놈의 웃음소리도 들려온다. 보다 못한 조선 남자 몇몇이 목에 쇠 목줄과 목테를 찬 채 능욕을 당하는 여자 아이나 여인을 구하기 위해서 호기롭게 나선다. 그러나 그렇게 나선 조선 남자들 거의 대부분은 왜군이 무자비하게 휘두른 칼에 어김없이 목이 잘린 채 스러진다.

다시 여인의 울음소리가, 다시 조선 남자 몇몇의 몸뚱이가 목이 잘린 채 땅바닥에 스러진다. 덕분에 시간이 흐를수록 조선 여인들의 비명과 울음소리가 난무했지만 대신 조선 남자들의 비명은 전혀 들리지 않는다. 두 손으로 귀를 막는다. 하지만 미처 가리지 못한 두 눈과 땅바닥에 떨어진 이름 모를 조선 남자의 잘려진 머리에 치켜뜬 두 눈동자와 시선이 마주친다. 두렵다. 죽은 이의 기개가 두렵다.

임진년과 정유년에 조선과 그 속에 살고 있는 조선인들을 어육으로 만든 왜군이나 왜인들이 짐승이라고 여겨 경멸했지만, 조선의 여인들이 능욕을 당하는 것을 애써 못 본 체하며 두 눈을 감는 자신도 짐승과 다르지 않다 여긴다. 지금 어둠 속에서 주검이 되어 땅바닥으로 스러진 이는 조선인이고, 어둠 속에서 숨죽이고 웅크린 자들은 모두 짐승이었다. 짐승에 왜놈과 조선인의 구분은 없었다. 나도 한 마리의 짐승이 되어 짐승 무리 속에서 두 눈을 감고 어서 날이 새기만을 기다리며 흐느꼈다. 그러나 입에서 흘러나오는 흐느낌은 점차 짐승의 울부짖음으로 바뀌고 있었다.

"안 돼!"

비명을 지르며 잠에서 깨어난 조영호는 서둘러 목덜미를 더듬었지만 쇠목테도 그에 연결된 쇠사슬도 만져지지 않았다. 또한 발바닥도 멀쩡했다. 피 냄새도 맡아지지 않았고, 여인들의 울음소리도 들리지 않았다. 주위는 평화롭고 또한 고요했다.

'또 꿈을 꾼 게로구나.'

조금 전 생생하게 느껴지던 상황이 꿈이었다는 것을 안 조영호는 비로소 안도의 한숨을 내쉬며 주위를 둘러봤다. 문살에 발라진 창호지를 뚫은 아침 햇살이 방안을 은은히 밝히고 있었다. 바닥에 깔린 다다미와 일본식 미닫이문이 자신이 아직 왜국에 있음을 일깨워 주었다. 7년째 매일 밤마다 계속된 악몽이었지만 깨고 난 직후에 느껴지는 절망감은 매번 새로웠다. 꿈속에서 느꼈던 것보다 더 진했다.

"조 공, 일어나셨습니까?"

밖에서 익숙한 목소리가 들려왔다. 조영호는 서둘러 자리에서 일어나 문을 열고 밖으로 나갔다. 곧 효봉(曉峰)이라는 법호를 가진 왜승이 조영호를 향해 합장했다.

"네, 스님."

조영호도 왜승을 향해 합장했다.

"간밤에는 편안하셨는지요?"

"덕분에 푹 잤습니다."

조영호가 빙긋 웃으며 말했다.

"나무아미타불 관세음보살."

조영호가 입고 있는 저고리가 땀에 흠뻑 젖어 있는 것을 본 왜승이 가만히 합장했다. 그는 조영호가 악몽을 꾸고 나면 항상 식은땀으로 인해 저고리가 젖는다는 사실을 잘 알고 있었다.

"씻고 옷을 좀 갈아입어야겠습니다."

그제야 자신이 입고 있던 바지와 저고리가 땀에 젖어 있다는 것을 알아차린 조영호가 말했다.

"그렇게 하시지요. 씻을 물은 이미 준비해 놨습니다."

"감사합니다."

다시 방 안으로 들어가 이부자리를 정돈하고 옷과 속옷을 갈아입고 난 조영호는 수건을 들고 밖으로 나와 왜승이 준비해 둔 물로 세수를 했다. 들뜬 열에 달궈져 있던 얼굴에 물의 찬 기운이 닿기 무섭게 개운함이 느껴져 왔다. 몸이 상쾌했다. 잠기운을 완전히 떨쳐 내자 얼마 떨어지지 않은 곳에서 파도 소리가 들려왔다.

'이제 조선이 지척이구나. 7년 만이구나.'

간밤에 꾼 악몽의 여운에서 벗어난 조영호는 자신이 있는 곳이 대마도라는 사실을 상기했다. 대마도에서 조선은 몇 시간 거리였다. 흥분되었다. 이제 몇 시간 후면 그렇게도 그리워하던 조선 땅을 밟을 수 있기 때문이었다. 멀리서 조선 땅의 흙내음이 느껴지는 듯했다. 포로로 잡혀 있던 7년 동안 그렇게 필사적으로 그리워했던 고향 생각에 마음이 동한 조영호는 수건으로 물기를 닦기 무섭게 방으로 돌아와서 옷가지 등을 챙겨 짐 속에다 넣은 다음 그것을 잘 싸맸다. 그러는 사이에 소박하게 차려진 아침 밥상이 방 안으로 들어왔다.

"서둘러 식사를 해야 할 것 같습니다. 배가 예정보다 일찍 출항한다는군요."

왜승이 조영호에게 수저를 챙겨주며 말했다.

"알겠습니다."

왜국에서의 마지막 식사였지만 감회 따위는 없었다. 그저 어서 조선으로 돌아가고 싶을 따름이었다. 덕분에 아침이 담긴 밥그릇은 순식간에 비워졌다. 먹은 것이 아니라 그냥 입 속에다 털어 넣었다는 표현이 맞을 정도로 식사를 빨리 마쳤다. 곁에서 그런 조영호를 바라보고 있던 왜승이 빙긋 웃었다. 한시라도 빨리 고향으로 가려는 조영호의 심정을 헤아렸기 때문이었다.

"잘 먹었습니다."

조영호가 식사를 마치자, 왜승은 밥상을 들고 밖으로 나갔다. 방문이 닫히기 무섭게 조영호는 자리에서 일어나 벽에 걸린 두루마기를 걸치고 갓을 썼다. 대마도에서 어렵사리 구한 조선의 두루마기와 갓이었다. 물론 새것은 아니었다. 주인이 흘린 피로 인한 것인지, 아니면 그저 땀으로 인한 것인지 구별하기 어려운 얼룩이 희미하게 다수 남아 있었다. 아마도 수년 전, 임진년과 정유년 전쟁 때 조선 땅에서 끌려온 조선인에게서 벗겨낸 것이 분명하다 여겼다. 그러나 비록 남루하나마 두루마기와 갓을 구할 수 있게 된 것을 감사하지 않을 수 없었다. 7년 만에 조선 땅, 고향 땅을 왜인 복색을 하고 밟을 수는 없는 노릇이었다.

'이제야 다시 조선 선비가 된 듯하구나.'

7년 만에 갖춰 입게 된 두루마기와 쓰게 된 갓이다. 거울이라도 보고 싶었다. 두루마기와 갓을 쓰고 서 있는 거울 속의 자신을 본다면 일본의 포로와 노예라는 속박에서 벗어나 자유의 몸이 됐다는 사실을 비로소 느낄 수 있을 것만 같았다. 갓과 두루마기를 갖춰 입자, 조영호의 가슴속은 고향 땅을 밟게 된 것에 대한 진한 설렘으로 가득했다.

'이것들은 이제 필요 없으렷다.'

갓과 두루마기를 걸친 조영호는 그간 걸치고 있던 왜인 옷 따위를 정리해 모두 보따리에 쌌다. 그리고는 방 한구석에 잘 놓아두고는 문을 열고 밖으로 나왔다. 아까부터 조영호가 나오기를 기다리고 있던 왜승이 빙긋 웃으며 물었다.

"준비는 마치셨습니까?"

"네, 스님."

어깨에 멘 괴나리봇짐을 고쳐 맨 조영호가 밝게 웃으며 대답했다.

"그럼 가시지요."

왜승은 조영호를 데리고 부둣가로 향했다. 왜승을 따라 부둣가로 향하는 조영호는 숨이 막힐 듯했고, 심장이 사정없이 뛰었다. 가는 길에 무장한 왜군들이 다수 보였다. 당장이라도 자신을 불러세워 당장 목에 쇠목테를 씌우고 쇠사슬을 채워 다시 일본 내륙으로 끌고 갈 것만 같았다. 무서웠다. 아무리 태연하려고 해도 잘 되지 않자 조영호는 그냥 고개를 푹 숙이고 걸었다. 하지만 그런 조영호의 심정 따위에 관심도 없다는 듯이 두 사람의 곁을 스쳐 지나가는 왜군들은 모두 무관심했다. 몇몇 왜군이 그렇게 지나쳐 가자 당장 터질 듯이 요동치던 조영호의 가슴이 점차 안정되기 시작했다. 덕분에 발걸음이 조금은 가벼워졌고, 여유가 생기기 시작했다. 곧 크고 작은 배들이 즐비한 선창과 부두가 보이기 시작했다. 비로소 조선으로 돌아간다는 실감이 나기 시작했다.

'7년 전에 봤던 그대로구나.'

대마도의 이즈하라항(嚴原港)은 7년 전, 정유년 전쟁 직후에 노예가 된 조영호가 첫 번째로 밟은 왜국 땅이었다. 그 당시에는 이웃 조선을 침략하려는 왜 수군의 전선으로 가득했었다. 하지만 지금은 살벌하기 그지없던 전선은 보이지 않고 대신 조선과 무역을 위한 상선과 인근 근해에서 고기잡이를 나섰다가 돌아온 어선으로 가득했다.

그러나 이즈하라항의 결코 낯설지 않은 풍경은 조영호의 머릿속에서 7년 전의 그 참담함을 단숨에 일깨웠다. 갑자기 목덜미가 서늘해져 왔다. 자신도 모르게 손이 목덜미로 향했다. 쇠목테가 남긴 목덜미의 흉터가 손끝에서 느껴졌다. 다시 숨이 막혀왔다. 어서 벗어나고 싶었다. 새삼 7년 전의 공포심이 떠오르자 호흡과 발걸음이 자꾸만 빨라졌다. 그런 조영호의 심정을 아는지 모르는지 왜승은 태연하게 앞서 걷고 있을 뿐이었다.

"저기 저 배입니다."

마침내 왜승이 걸음을 멈추고 조영호를 돌아보며 말했다. 두 사람이 멈춘 곳은 선창의 제일 끝 쪽에 정박해 있던 조선의 상선 앞이었다. 상선 주위에는 일본인 짐꾼들이 상선에서 짐을 내리고 싣느라 분주히 움직이고 있었고, 배 위에는 조선인 복색을 한 상인들과 일본 관리들이 일본인 짐꾼들이 내리고 싣는 물품을 명부와 대조하며 분주히 움직이고 있었다. 또 그들 근처에는 칼과 조총으로 무장한 왜군 십여 명이 삼엄하게 주위를 경계하고 있었다. 근처에 있던 왜군을 본 조영호의 표정이 다시금 얼어붙었다.

"조 공, 잠시 계십시오. 내 관리들에게 가서 조 공이 배에 오를 수 있도록 절차를 밟고 오겠습니다."

"부탁합니다."

조영호가 굳은 표정으로 말했다. 그것을 본 왜승이 활짝 웃으며 말했다.

"조 공, 너무 걱정하지 마십시오. 소승이 어제 미리 관련 협의를 마쳐 두었습니다."

왜승은 합장을 하고서 몸을 돌려 상선으로 걸어가서 일본 관리들과 인사를 한 후에 대화를 나누었다. 왜승과 대화를 나누는 왜국 관리들의 표정이 밝아 보였다. 그것을 본 조영호의 굳은 표정이 다소나마 누그러졌다. 일이 잘된 듯싶다 여겼기 때문이었다. 그제야 여유가 생긴 조영호는 자신이 오를 배를 살폈다. 배 위에서 분주하게 움직이고 있는 이들은 분명 왜인들이 아니라 모두 조선인이었다. 신기했다. 거의 7년 만에 보는 조선인들이었다. 그리고 그들이 나누는 언어 또한 분명히 조선말이었다. 갑자기 두 눈시울이 뜨거워져 오는 것을 느낀 조영호는 금방이라도 흐를 것 같은 눈물을 불어오는 바람으로 겨우 막아냈다. 그러는 사이 왜승이 다시 돌아왔다.

"됐습니다, 이제 배에 오르시면 됩니다."

돌아온 왜승이 환하게 웃으며 말했다.

"고맙습니다! 고맙습니다!"

배에 올라도 된다는 말이 끝나기 무섭게 조영호는 거의 울먹이는 표정으로 왜승의 두 손을 맞잡고 감사의 뜻을 표했다.

"배가 곧 출항합니다. 저 배를 놓치면 다시 며칠을 이곳에 계셔야 할지 모릅니다."

왜승은 조영호를 데리고 서둘러 상선으로 향했다.

"어서 오르시오! 물때가 바뀌기 전에 서둘러 배를 띄워야 하오!"

조선 중인 복장을 하고 뱃전에 선 이가 조영호를 향해 외쳤다.

"스님, 이제 이별인가 봅니다. 그간 스님께서 저에게 베풀어 주신 은혜 어찌 갚아야 할지 모르겠습니다."

"은혜라니요, 당치 않아요. 조 공께서 제게 베풀어 주신 학문과 깨달음에 비하면 보잘것없습니다."

눈시울이 뜨거워진 조영호는 더 이상 말을 잇지 못했다. 그것을 본 왜승은 아무 말 없이 조영호의 등을 토닥였다. 그리고는 상선에 오르도록 조영호를 잔교로 이끌었다. 잔교 앞에 선 조영호는 크게 한숨을 쉬고선 힘차게 발걸음을 내디뎠다. 곧 삐걱거리는 소리가 울리며 잔교가 가볍게 흔들렸다. 하지만 조영호는 멈추지 않고 그대로 배에 올랐다. 멈추면 그대로 대마도에 있어야 할 것 같았기 때문이었다.

"조 공, 잘 가세요. 그리고 아버님과 어머님께 꼭 술을 올리도록 하시고요."

왜승이 뱃전 위에 올라선 조영호를 향해 소리쳤다.

"스님, 조선 땅에 도착하게 되면 인편에 꼭 서찰을 보내도록 하겠습니다!"

조영호가 상선 아래에 합장을 한 채 선 왜승을 향해 큰 소리로 말했다.

"배를 띄워라!"

조영호가 배에 오르는 것을 본 선장이 선원들을 향해 외쳤다. 곧 상선은 선창에서 점점 멀어져 갔다. 선창에 홀로 남아 손을 흔드는 왜승의 모습이 점점 작아져 갔다. 조영호는 배의 뒤쪽에 서서 왜승의 모습이 완전히 보이지 않을 때까지 손을 흔들었다.

'스님! 감사합니다! 저에게 베풀어 주신 은혜 평생 잊지 않겠습니다!'

조영호는 주먹으로 두 눈을 훔치며 울먹였다. 한참을 그렇게 배의 뒤편에 서서 점점 멀어져 가는 대마도의 이즈하라항을 바라보던 조영호는 몸을 돌려 배의 앞머리로 향했다. 멀어져 가는 왜국 땅보다는 앞에서 다가오는 조선 땅을 보고 싶었기 때문이었다.

오전 일찍 조영호를 태우고 대마도를 떠났던 상선이 부산포에 도착한 것은 정오를 훌쩍 넘긴 늦은 오후 무렵이었다. 오는 내내 파도와 갑자기 불어댄 맞바람 때문에 항해는 쉽지 않았다. 덕분에 조영호는 포로로 잡혀 일본으로 갈 때는 느끼지 못했던 뱃멀미를 너무도 간절히 원했던 귀향길에 유독 심하게 느껴야만 했다. 비록 속에 든 것을 바다 위에 모두 토해 내기는 했지만 그래도 7년 만에 귀향한다는 설렘만큼은 가슴속에서 비워내지지 않았다.

"육지다!"

거친 황천(荒天) 항해에 진절머리가 났던지 선원 하나가 멀리서 실루엣처럼 희미하게 보이는 높다란 산봉우리를 가리키며 큰 소리로 외쳤다. 그 소리를 듣기 무섭게 조영호는 선원이 가리키는 방향을 앉은 채 돌아다 봤다. 정말 육지가 보였다. 그렇게 꿈에 그리던 바로 조선 땅이었다. 갑자기 가슴이 벅차 올랐다.

'아! 조선 땅이로구나!'

후들거리는 두 다리를 겨우 일으켜 세운 조영호의 눈시울이 금세 촉촉해졌다. 비록 자신을 반겨줄 가족이 단 한 사람도 남아 있지 않았지만 그래도 너무도 오고 싶었던 조국 땅이었다.

육지에 가까워지자, 바다는 이전의 거친 바람과 억센 파도를 거둬들이고 대신 순조류와 순풍을 조영호가 탄 상선에 기꺼이 내어주었다. 덕분에 좌우로 마구잡이로 흔들리던 상선이 비로소 부드럽게 바다를 가르며 시원스레 앞으로 나아가기 시작했다.

오래지 않아 절영도(현재의 영도)를 지나 순조롭게 부산포로 들어선 상선은 여러 번의 시도 끝에 선창에 무사히 접안을 끝냈고, 미리 대기하고 있던 부두의 일꾼들이 익숙한 동작으로 신속히 잔교를 설치했다.

조영호는 잔교가 상선에 설치되기 무섭게 재빨리 배에서 내려 선창으로 내려섰다. 조국 땅을 다시 밟게 되었다는 감격이나 설렘 때문이 아니라 지독한 뱃멀미에서 벗어나기 위해서였다.

"고생했소이다."

상단의 우두머리 행수가 선창에 쌓인 상자에 기대 뱃멀미를 진정시키고 있던 조영호 곁으로 다가와 말했다.

"죄송합니다. 먼저 감사의 인사를 올려야 예에 맞는 것이거늘. 저의 불찰을 해량하여 주시길 바랍니다."

조영호가 힘겹게 상체를 바로 세우며 말했다.

"하하하. 원래 뱃멀미는 나랏님도 어쩌지 못하는 법이외다. 그러니 너무 괘념치 마십시오."

"너그럽게 이해해 주셔서 감사합니다."

"그래 이제 어디로 가려 하오?"

"이 길로 함양으로 가려 합니다."

"지금 당장 말이요?"

"네."

"어허, 예서 함양은 한달음에 갈 수 있는 길이 아니요. 이제 곧 날이 저물 텐데. 그러지 말고 예서 하룻밤 유하고 내일 일찍 길을 잡아 떠나는 것이 좋겠소이다. 여기서 얼마 떨어지지 않은 곳에 내가 운영하는 객점이 있소이다. 비용은 걱정하지 말고 가서 하루 쉬도록 하시오."

"말씀은 감사하오나, 아무래도 오늘 길을 떠나야 할 것 같습니다."

"하긴 내일이 8월 17일이니, 조 공께서 서두를 만도 합니다그려. 내 조 공의 심정을 충분히 이해하겠습니다. 자, 갑시다. 잠시나마 한배를 탄 인연도 있는데 가만 있을 수야 없지요."

행수는 조영호를 데리고 선창을 벗어나 근처 점포가 즐비한 곳으로 갔다. 그리고 그중에서 제사와 관련된 물품을 팔고 있는 점포에 들러 제주(祭酒) 한 병과 제수(祭需) 몇 가지를 사서 그것을 작은 대나무 바구니에 담아 어깨에 멜 수 있도록 보자기로 싸고 끈으로 묶어 조영호에 건넸다.

"가지고 가시오. 아까 배 위에서 들은 바가 있는데 모른 척 할 수는 없구려."

"이 귀한 것을 어찌."

"나라를 위해 몸 바쳐 싸운 조 공의 부모님과 가족들의 영혼을 위로하는 데 쓰인다면 오히려 내가 영광 아니겠소이까."

"그리 생각해 주시니, 진심으로 감사할 따름입니다."

행수의 넉넉한 마음 씀씀이에 조영호는 거듭 고개 숙여 감사의 인사를 건넸다.

"허허, 헌데 행색이 그리해서야."

행수는 조영호의 행색이 초라한 것을 보고는 다시 조영호를 데리고 옷을 파는 점포로 데려가서는 바지와 저고리는 물론이고, 두루마기와 갓 그리고 망건까지 사 주었다.

"제를 올리는 이의 행색이 영 아니올시다."

행수가 낡은 갓과 두루마기를 걸친 채 서 있던 조영호에게 새 갓과 새 옷을 싼 보따리를 건네며 말했다.

"이 은혜 어찌 다 갚을지. 내 비록 가진 것은 없으나, 빠른 시일 내에 다시 찾아뵙고 인사를 드리겠습니다."

"그래주면 좋지요. 그때 내가 술 한 상 거하게 차려 드리지요."

"감사하고 또 감사합니다."

고국 땅에서 느끼는 따뜻한 동포의 환대에 감격한 조영호는 거듭 감사의 인사를 올렸다.

"서둘러야 하겠구먼. 가려면 지금 떠나야 하겠습니다그려. 조심히 가십시오."

행수는 자꾸만 감사의 인사를 하는 조영호를 억지로 돌려세워 길을 떠나게 했다.

여름 기운이 남아 있어 따갑기 그지없는 8월 한가위 무렵의 햇볕이 황석산 일대를 뜨겁게 달구고 있었다. 그 햇살을 등에 업고 황석산 정상을 향해 가파르게 이어진 길을 몇 시간째 오르던 조영호는 형편없이 흐트러진 거친 호흡을 더 이상 감당하지 못하고 좁은 길 옆 펑퍼짐하게 솟은 바위 위에 주저앉듯 걸터앉았다. 선선

한 바람이 황석산 정상에서 불어와 조영호의 이마와 얼굴에 맺힌 땀을 식혀 주었다.

부산포부터 함양 황석산까지 밤새 길을 걸었던 탓에 조영호는 거의 파김치가 되다시피 했다. 숨을 돌리기 무섭게 이내 참을 수 없는 목마름이 찾아들었다. 조영호는 어깨에 멘 봇짐을 벗어 내려놓고는 옆에 매달린 호리병을 풀어내 마개를 열고는 물을 양껏 마셨다. 목구멍을 태울 듯이 치밀던 갈증이 금세 가셨다. 겨우 한숨 돌린 조영호는 고개를 황석산 정상을 향해 돌렸다. 정상 부근에 띠처럼 둘려진 산성이 눈에 들어왔다. 갑자기 속에서 울컥하는 뜨거운 기운이 솟구쳐 오르는 것이 느껴졌다.

'7년 만인가?'

곧 조영호의 머릿속에 7년 전의 기억이 선명하게 떠올랐다.

거의 10배에 달하는 7만에 가까운 왜군을 상대로 나흘 동안 치열한 싸움을 벌였던 7천여 명의 조선 백성. 그들은 지금 조영호가 바라보고 있는 황석산 정상에 세워진 산성에 억울한 죽음이 되어 잠들어 있었다. 그들 속에는 예순이 넘는 노구에도 불구하고 밀려드는 왜군에 맞서 싸우던 아버지인 조종도 또한 포함되어 있었다.

7년이 지난 지금까지 장렬하게 숨져간 아버지의 최후가 마치 눈앞에서 보는 듯 생생하게 떠올랐다. 왜군의 포로가 되어 끌려간 일본에서 원치 않게 보내야 했던 7년의 비참한 세월 동안 조영호는 오로지 한 가지 소원밖에 없었다. 다시 황석산성으로 돌아가 아버지와 어머니 그리고 함께 죽어간 조선인들의 영혼 앞에 술 한 잔 올리는 것. 그 소원을 위해서 조영호는 온갖 고초와 굴욕을 참아내며 흡사 개보다 못할 정도로 비참한 포로 생활을 이를 악물고 견뎌냈다.

'아버님! 어머님! 늦지 않아 다행입니다.'

황석산성에서 죽어간 아버지와 어머니를 떠올리던 조영호는 마음이 동해 더 이상 앉아 있을 수가 없었다. 몸을 일으켜 세운 조영호는 벗어 놓았던 봇짐을 어깨에 단단히 메고서 다시 황석산 정상을 향해 느릿느릿 올라가기 시작했다.

'웬 사람들인고?'

그런데 조영호가 황석산 정상 부근에 거의 다다랐을 무렵, 갓과 도포를 단정히 차려입은 백발의 선비 한 사람과 그의 일행으로 보이는 장정 몇몇이 자리를 잡고 서 있는 게 보였다.

백발의 선비는 지팡이를 짚은 채 정상 아래를 굽어보고 있는 중이었고, 그런 그의 뒤에는 손에 환도(環刀)를 쥔 젊은 선비 두 명과 하인으로 보이는 건장한 장정 세 사람이 시립(侍立)을 한 채 서 있었다. 장정 중 하나는 빈 지게를 메고 있었다. 조영호는 빈 지게의 용도를 단번에 알아차렸다. 노 선비가 험한 황석산 정상까지 오를 수 있게 해 준 도구가 분명했다. 그를 통해 조영호는 노 선비가 제법 지체 높은 이가 분명하다고 짐작할 수 있었다.

'어찌 저런 노인장이 이 험한 황석산 정상에 올랐단 말인고?'

그런데 가까이 다가가서 보니, 노 선비는 거의 일흔에 가까워 보이는 말 그대로 노인이었다. 게다가 얼굴에서 병색도 살짝 엿보였다. 조영호는 문득 젊은이도 쉽사리 오르려 하지 않는 높은 황석산에 자리보전하기 급급해 보이는 백발의 노인이 오른 것을 의아하게 여기며 이제 얼마 남지 않은 정상을 향해 다시 발걸음을 옮겼다.

'아버님, 어머님. 소자 드디어 돌아왔습니다!'

얼마 지나지 않아 황석산 정상에 오른 조영호는 황석산성이 한눈에 들어오는 곳에서 걸음을 멈췄다.

7년이라는 세월이 흐른 탓인지 굳건하던 성벽은 여기저기 허물진 상태였고, 성 내부의 각종 건물은 불에 탄 채 방치되어 있었다. 또한, 왜군에 맞서 용감히 싸우던 인걸(人傑)과 용자(勇者) 대신에 무수한 억새만 성내를 빼곡히 채운 채 바람에 한없이 흔들리고 있었다.

7년이라는 기나긴 긴 인고의 세월 끝에 마침내 다시 보게 된 황석산성을 쳐다보며 회한(悔恨)에 잠긴 조영호의 눈에서 뜨거운 눈물이 흘렀다. 다리가 후들거렸다. 어쩔 수 없이 조영호는 쓰러지듯이 무릎을 꿇고서는 소리 없이 흐느꼈다.

"이보시게!"

그렇게 무릎을 꿇고 엎드린 채 어깨를 들썩이며 흐느끼던 조영호는 자신을 부르는 소리에 떨어뜨렸던 고개를 다시 들었다. 조금 전에 지나쳤던 노 선비가 얼마 떨어지지 않은 곳에서 자신을 향해 미소 짓고 서 있었다. 조영호는 도포 자락으로 눈물을 훔치고는 노 선비 곁으로 다가갔다.

"부르셨습니까?"

노 선비의 곁으로 다가간 조영호가 예를 갖추며 공손히 물었다. 그런데 가까이 다가가서 보니, 노 선비의 외모가 예사롭지 않았다. 갖춰 입은 의관이 고급스러운 것은 그렇다 치고, 노인에게는 어울리지 않는 꼿꼿한 자세와 낭랑한 목소리는 보고 듣는 이로 하여금 절로 고개를 숙이게끔 하기에 충분했다. 특히 두 눈의 인자

하고도 형형한 눈빛은 그 어떤 사람의 심중이라도 단숨에 꿰뚫어 볼 것만 같았다.

"내, 곁에서 바라보니, 자네에게 이 산과 관련된 어떤 사연이 있는 듯하여, 그 연유가 궁금하여 불렀네. 실례를 용서하시게."

노 선비가 온화한 미소를 지으며 말했다.

"괜찮습니다. 사실 저는 7년 전 이곳에서 왜군과 싸운 적이 있습니다."

"그랬었구만. 당시 조선 백성과 왜군을 합쳐 수만의 인명이 불과 나흘간의 전투에서 희생된 것으로 알고 있네. 허나 당시 전투에 관한 소문만 무성했지 실제 전투를 본 이가 없어서 그 실상은 사실 잘 알지 못하네. 나도 미루어 짐작만 할 뿐이지."

"아마 그럴 것이옵니다. 그 전투를 끝까지 지켜본 이들 중에 살아남은 이는 없으니까요."

"나도 그리 알고 있네. 실로 안타까운 일이 아닐 수 없네. 수만 명이 죽이고 죽어간 전투가 아닌가. 그런 전투가 이대로 묻혀야 한다니 말일세."

"7년 전 여기에서 있었던 전투가 궁금하오니까?"

조영호가 입가에 서글픈 미소를 지으며 나지막이 물었다.

"그렇네. 내게 말해 줄 수 있겠는가?"

호기심이 동한 노 선비가 반색하며 다그치듯 물었다.

"그리 어려운 일이 아니지요."

조영호는 진한 한숨과 함께 7년 전, 황석산성에 벌어졌던 4일간의 전투를 노 선비에게 담담하게 들려주었다.

소금기와 습기를 가득 머금은 8월의 해풍이 바다 위에서 파도를 일으켜 세우며 세차게 불어오고 있었다. 비록 짠내를 가득 머금은 습한 바람이었지만, 구름 한 점 없는 맑은 하늘 덕분에 해풍은 사람들에게 제법 상쾌함을 느끼게 하고 있었다.

'왠지 이번 출전은 썩 내키지 않아.'

그러나 화려한 투구와 갑옷 그리고 허리띠에 애검(愛劍)을 찬 채 해풍이 무시로 불어오는 서생포왜성 성벽에 올라 곧 있을 출동 준비를 위해서 성내를 분주하게 오가고 있는 왜군의 무리를 바라보고 선 가토 기요마사(加藤清正)에겐 서생포 앞바다가 전해주는 해풍의 상쾌함을 느낄 따위의 여유가 없었다.

불안감 때문이었다. 어디서 비롯되었는지 알 수 없는 막연한 불안감은 서생포왜성에 주둔 중인 1만2천 명에 달하는 대병력의 출동이 임박해 올수록 가토의 마음과 머릿속에서 그 덩치를 한없이 키우고 있는 중이었다. 처음 그 불안감을 감지했을 때는 막연히 조선군으로부터 호랑이 아가리라는 별칭을 얻을 만큼 철옹성인 서생포왜성을 떠나기 때문이라 여겼었다. 그러나 가토가 자신이 느끼는 불안감이 그 때문이 아니라는 것을 깨닫는 데 그리 오랜 시간이 걸리지 않았다.

1592년 4월 초순에 조선 땅을 밟았을 때만 해도 가토의 용맹과 자신감은 조선의 하늘을 찌르고도 남았었다. 가토는 자신의 용맹을 충분히 발휘하여 조선 땅에서 내로라하는 장수와 성을 차례로 쓰러뜨리고 무너뜨리며 불과 한 달도 되지 못하는 기간에 조선의 수도인 한양 도성을 짓밟았다. 그리고 그 여세를 몰아 강원도를 거쳐 함경도를 향해 거침없이 진군해 나갔다. 그러나 거기까지였다.

가토는 조선군의 실망스러울 정도로 지리멸렬함을 은근히 비웃으며 북진을 거듭했지만, 오래지 않아 뜻밖의 적을 만나고 조선 땅에서 처음으로 겁을 집어먹었다. 바로 의병과 서산대사와 사명대사로 통칭하는 승병, 그리고 조선의 겨울이었다. 그간 패배를 모르고 승승장구하다가 뜻밖의 적과 암초를 만나 고전하던 가토는 마침내 함경도 북관에서 당시 함경도북평사(咸境道北評事)에 재직 중이던 정문부(鄭文孚)와 휘하 조선군과 의병 3천 명에게 대패하여 황망하게 퇴각을 해야만 했다.

당시 가토의 병력은 2만3천 명에 달했지만, 정문부에게 철저히 각개격파 당하며 속수무책으로 당할 수밖에 없었고, 그 전투에서 가토는 허겁지겁 철수하느라 자신의 명검마저도 내버려야만 했었다.

지금도 당시 상황을 떠올리면 얼굴이 화끈거렸다. 북관 전투 이후부터는 후퇴의 연속이었고, 제대로 된 전투도 치를 수 없었다. 단 한 번의 패배로 용맹하던 가토의 부하들은 지치고 배고픈 패잔병이 되고 만 것이었다.

퇴각을 거듭하다 울산 서생포왜성에 웅거하고 있던 가토는 도요토미 히데요시(豊臣秀吉)의 명으로 1596년 12월에 잠시 일본 본토로 철수했다가, 1597년 1월에 다시 조선 땅을 밟았다. 조선 땅을 밟기 전, 자신의 주군인 도요토미로부터 받은 명령은 단순하고도 명료했다. 약 14만 명의 왜군을 이끌고 서진하여 전주성을 치고 도성을 재점령하는 것. 그리고 조선의 왕을 사로잡는 것. 그

것이 가토가 도요토미로부터 받아든 추상같은 명령이었다.

'서진하여 전주성을 점령하고, 북상하여 조선의 도성을 친다. 그리고 조선의 왕을 사로잡는다.'

지난 1월 나고야에서 도요토미로부터 명령을 받을 때, 가토는 한 치의 망설임도 없이 '존명(尊命)!'을 외치며 머리를 조아렸었다. 거기에 그 어떤 부언(附言) 따위를 달 수 없었다. 도요토미에게 명령을 받들어 반드시 완수하겠노라 답했었고, 또한 그렇게 함에 온 신경을 집중시키고 있었다. 그러나 가토의 기억에 자리 잡은 함경도 북관에서의 대패는 가토의 자신감을 여지없이 뭉개버리고 있었다.

"장군! 출동 준비가 완료되었습니다!"

성벽 위로 가토가 총애하는 부하 장수인 기하치로(喜八郞)가 올라와 1만2천 명에 달하는 왜군의 출동 준비가 완료되었음을 고했다. 그러나 가토는 성내를 굽어보기만 할 뿐 별다른 말이 없었다. 가토가 가장 신임하는 기하치로답게 그 또한 말없이 가토의 뒤에 묵묵히 서 있었다. 기하치로는 가토의 심경이 복잡하다는 것을 이미 아침 문안 인사 때 어느 정도 감지하고 있던 터였다.

"기하치로!"

"네, 장군!"

"저들 중 얼마나 살아남아 다시 이곳으로 돌아올 수 있겠느냐?"

"네?"

기하치로는 흠칫 놀라며 되물었다. 말뜻을 이해하지 못해 그런 것이 아니었다. 누가 뭐래도 가토는 왜군 최고의 선봉 장수였고, 용맹함에 있어서 가히 따를 자가 없었다. 비록 잠시이기는 하지만 그런 가토가 내뱉은 말이라고는 믿을 수 없을 정도로 애처롭게 들렸기 때문이었다. 불길하기까지 했다. 기하치로는 망설였다. 뭐라 대답할지 난감했다. 기하치로가 잠시 망설이자, 가토가 몸을 돌려 난감한 기색이 역력한 기하치로의 얼굴을 쳐다봤다.

“다시 물어야 하겠느냐?”

“아닙니다! 장군님과 함께 싸운다면 저들 모두 살아 이곳으로 돌아올 수 있을 것이 옵니다!”

기하치로는 낯설었다. 일본에서든 조선에서든 단 한 번도 보지 못한 음색과 표정의 가토였다.

“그래, 그래야지.”

“네, 장군!”

“그만 가자꾸나. 이러다 본대와의 합류가 늦어질 수도 있겠다.”

가토는 묘한 미소를 지으며 성벽을 내려갔다. 또한 기하치로 역시 묘한 눈길을 가토의 뒷모습에 둔 채 천천히 성벽을 내려갔다.

1597년 8월 2일, 드디어 서생포왜성에 주둔하고 있던 가토 기요마사의 본대 병력 1만2천 명이 성문을 열고 움직이기 시작했다는 보고를 접한 경주 성내에 있는 경상좌병영(慶尙左兵營)은 발칵 뒤집혔다.

1만2천 명에 달하는 가토 본대의 진격 방향을 제대로 알지 못하기 때문이었다. 그간 가토가 서생포왜성을 나와 병력을 움직이려 한다는 첩보는 많았지만, 그 진격 방향이나 출정의 최종 목적이나 목적지에 대해서는 별다른 정보가 없다시피 했다. 때문에 경상좌병영에서는 거의 모든 첩보망을 가동해 가토 본대가 움직이는 방향을 조기에 알아내 그에 맞는 지역방어 전략을 마련하고자 하고 있었다.

일단 서생포왜성 인근에서 은밀히 살피고 있던 척후로부터 가토의 본대가 성문을 열고 나와 움직이기 시작했다는 첩보를 받아든 경상좌도방어사(慶尙左道防禦使) 권응수(權應銖)는 경주 성내에 집결해 있는 경상좌병영 지휘관과 의병 지휘관 전원을 좌병영 본영 사령부로 쓰고 있는 건물로 즉시 모이도록 지시했다.

"드디어 가등청정이 움직이기 시작했소이다."

경상좌병영에 소속된 지휘관 전원이 모이기 무섭게 방어사 권응수가 마치 선언하듯 말했다. 곧 회의실 내에는 커다란 술렁임이 일었다. 왜군 최고의 용장 가토의 출진은 그 자체로 조선군에게는 공포나 다름없었다. 특히 서생포왜성과는 지척이나 마찬가지인 경주성이고 보면 그 공포는 한층 더했다.

"방어사 영감, 어느 방향이오니까?"

권응수의 말이 끝나기 무섭게 경주판관(慶州判官) 박의장(朴毅長)이 다급하게 물었다. 가토군의 진격 방향은 아무래도 경주를 책임지고 있던 박의장으로서는 최고의 관심사가 아닐 수 없었기 때문이었다.

"일단 양산 쪽이라 하오이다."

방어사 권응수가 안심하라는 투로 대답했다.

"그렇다면 경주를 통해 문경새재를 넘는 길을 버렸다는 의미가 아니겠소이까?"

가토의 목적이 경주성 점령이 아니라는 것을 확인하기 위해서 박의장이 급히 되물었다.

"지금으로서는 그렇게 판단할 수밖에 없음입니다."

박의장의 물음에 권응수가 담담하게 말했다. 다시금 회의장 내부가 술렁였다. 모인 지휘관 대부분이 가토의 1만2천 대군의 예봉을 피하게 되어 안도하고 있었다.

"모두 조용하세요! 다행인지는 모르겠으나, 일단 가등청정이 양산과 밀양 그리고 창녕을 지나 합천으로 향하는 길을 택한 것만은 분명해 보입니다. 허나 이것은 어디까지나 예측에 불과하오. 그러니 왜군의 움직임을 좀 더 주밀히 살펴볼 필요가 있소이다."

경상좌병사(慶尙左兵使) 성윤문(成允文)이 지휘관들의 술렁임을 진정시키고 나섰다.

"좌병사 영감, 그렇다면 속히 군사를 왜군의 움직임에 따라 이동시켜야 하지 않겠습니까? 영감도 아시다시피 경상좌도와 경상우도를 지키는 관군의 절반 이상이 대구와 경주 부근에 몰려 있지 않습니까."

울산군수(蔚山郡守) 김태허(金太虛)가 현재 조선군의 배치 현황과 가토 본대의 진격 방향이 맞지 않음을 지적하고 나섰다.

"다들 아시다시피 현재 조선군은 경주성과 영천을 거쳐 문경새재를 넘어 한양으로 진출하려는 왜군을 막기 위해서 경주성과 대구 인근에 총집결해 있는 상황이 아니옵니까. 해서 상대적으로 밀양, 창녕, 합천 지역은 소규모 조선군이 배치된 상황이라 방어력이 현저히 떨어진다 할 것이옵니다. 만약 이들 지역으로 수만의 왜군이 몰려들 경우, 왜군의 경상우도 무혈입성은 불을 보듯 뻔하지 않겠습니까!"

김태허가 거듭 조선군의 재편성을 주장하고 나섰다. 그리고 자리에 함께한 여타 지휘관들 역시 김태허의 주장에 동조했다.

"아직 왜군의 진출 방향에 대해서는 속단하기 이름이에요. 일단 성주성에 머무르고 있는 도체찰사께 급히 파발을 띄웠습니다. 혹 경상우병영에서 관련 첩보를 더 확보했다면 즉시 알려달라고 말입니다. 경상좌병영의 병력 배치는 좀 더 말미를 갖고 논의토록 합시다."

방어사 권응수는 재차 신중한 입장을 견지했다. 단순히 가토 본대의 움직임만으로는 왜군 전체의 진격 방향을 가늠할 수 없다는 것이 그의 판단이었다. 해서 방어사 권응수는 현재 성주성(星州城)에 머물고 있던 이원익(李元翼) 사도체찰사(四道體察使)에게 긴급히 파발을 띄우고 그에 따른 회신을 기다리는 중이었다. 만약 체찰사 이원익으로부터 회신이 온다면 거기에는 왜군의 진출 방향 또는 공격 목표에 대한 확실한 정보가 담겨 있을 것이기 때문이었다.

성주성(星州城)에서 경상우도 방어 전략을 짜고 있던 사도체찰사 이원익은 다급했다. 이미 고니시 유키나가(小西行長)를 필두로 한 약 5만에 달하는 왜군이 웅천을 출발해 진주로 향하고 있는 상태였고, 약 2만에 달하는 왜 수군 역시 웅천을 출발해 신임 삼도수군통제사인 원균이 칠천량해전에서 대패한 이후에 아무런 저항도 받지 않은 채 사천에 상륙한 뒤에 내륙으로 진격하여 진주에서 왜군과 합류한 상황이었다.

"이리 다들 모이라 한 것은 왜군이 서진하려는 것이 분명하기 때문입니다."

체찰사 이원익의 얼굴은 굳을 대로 굳어 있었다. 지금까지 올라온 파발이나 장계에 의하면 왜군은 분명 서진하고 있었다. 만약 그렇다면 그들을 저지할 방법이 조선군이나 명군에게는 마땅히 없었다. 이제 지난 전란에서 살아남은 전라도가 왜군에 의해 유린당하는 것은 시간문제라 여겼다.

"경상좌병영에서 파발이 도착했습니다!"

군관 하나가 회의장 내부로 들어와 경상좌병영에서 보낸 파발이 도착했음을 알렸다. 체찰사 이원익은 속히 파발이 가지고 온 장계를 가지고 오도록 지시했다. 사실 체찰사 이원익은 경상좌병영에서 파발이 도착하기를 학수고대하고 있었다. 고니시가 움직였다면 왜군의 쌍두마차라 할 수 있는 가토 기요마사가 움직이지 않을 리 없었기 때문이었다. 이제 경상좌병영에서 장계가 올라오고 보면 왜군 전체의 움직임이 드러날 것은 자명했다.

"음……!"

받아든 장계를 읽은 체찰사 이원익은 조용히 눈을 감았다.

"체찰사 대감, 나쁜 소식입니까?"

곁에 있던 경상우도방어사(慶尙右道防禦使) 고언백(高彦伯)이 불안감 역력한 표정으로 조심스럽게 물었다.

"오늘 아침에 서생포왜성에 있던 가등청정이 1만2천 왜군을 이끌고 양산 방향으로 움직였다는 소식입니다."

체찰사 이원익의 말에 경상우도 방어 책임을 지고 있던 조선군 지휘관들의 얼굴은 단박에 굳어지고 말았다. 가토가 경상좌병영이 있는 경주 방향이 아닌 양산 방면으로 움직였다는 것은 경상우도를 공략할 속셈이 있음을 여실히 드러낸 것이라 여긴 탓이었다.

"이거 큰일이 아닙니까. 지금까지 확보한 첩보를 분석해보면 왜군은 군대를 둘로 나눠서 하나는 웅천과 사천 그리고 진주를 거쳐 남원을 공략할 것으로 보이고, 또 다른 하나는 양산과 밀양 그리고 합천을 거쳐 의령이나 고령으로 진출하려는 것 같습니다. 물론 아직 왜군의 움직임을 완전히 파악하기는 힘든 것이 사실입니다만 분명 대책을 세워야 할 것입니다."

경상우병사(慶尙右兵使) 김응서(金應瑞)가 사뭇 진지한 어조로 의견을 피력했다.

"체찰사 대감, 만약의 경우를 대비해서 경상우병영의 군사를 새로이 배치해야 할 듯싶습니다. 지금 당장 준비를 하지 않으면 앞으로 있을 왜군의 파상공세에 효과적으로 대비하기 힘들 것입니다."

도원수(都元帥) 권율(權慄)이 경상우도 병력의 재편을 주장하고 나섰다. 왜군의 한 축이 경상우도를 관통하며 서진하려는 움직임을 보이는 이상 병력을 나눠 경상우도 내의 주요 성을 지키다가는 각개격파 당할 가능성이 크다는 것이 도원수 권율의 생각이었다. 도원수 권율은 체찰사 이원익과 함께 대구 공산성에 주둔하고 있는 중이었다.

"나 또한 도원수의 의견에 공감합니다. 허나 아직 그런 결정을 내리기에는 정보가 부족하지 않소이까. 일단은 기존 안대로 각자 성을 지키면서 협력하는 것이 최선일 것입니다."

체찰사 이원익은 왜군들의 목표가 아직 드러나지 않은 만큼 경상우도에 소속된 병력의 재배치에는 신중을 기하자는 입장을 다시 한 번 더 내비쳤다.

"일단 오늘 회의는 이만 파하도록 하지요. 이후 왜군과 관련된 첩보가 더 수집되면 다시 모여 그에 맞는 대응책을 세우도록 합시다. 그때까지는 각자 맡은 성으로 돌아가 수성에 만전을 기하도록 하세요."

체찰사 이원익의 말이 끝나기 무섭게 회의에 참석했던 조선군 지휘관들은 속속 자리를 떴다.

이른 아침 일찍 서생포왜성을 나선 가토가 왜군 우군의 집결지인 밀양성에 도착한 것은 정오를 훨씬 넘긴 오후 2시 무렵이었다.

"가토 장군, 먼 길 오시느라 수고가 많으셨습니다."

왜군 우군 총사령관인 제8군 모리 히데모토(毛利秀元)가 밀양성으로 입성하는 가토를 친히 성문 밖으로 나와 맞았다.

"뭐 하러 이리 나오셨습니까, 내가 가서 인사 여쭈면 될 것을요."

말에서 내린 가토가 만면에 웃음을 띤 채 말했다.

"장군께서 오신다는데 가만히 앉아 있을 수야 없지요. 자, 들어갑시다. 모두 기다리고 있습니다."

"네, 가시죠."

가토와 모리는 이번 출정에 거는 기대와 속내를 나누며 임시 군막이 설치되어 있는 곳을 향해 걸어갔다.

"죄송합니다, 조금 늦었습니다."

가토가 군막 안으로 들어서기 무섭게 사과부터 했다. 물론 의도한 것은 아니었지만 아무래도 가장 먼 서생포에서 출발했던지라 시간 맞춰 도착하는 것은 진작 포기한 가토였다.

"괜찮습니다. 우리야 부산이나 양산에서 온 덕분에 조금 빨리 온 것뿐입니다."

왜군 제4군 대장 나베시마 나오시게(鍋島直茂)가 가토에게 늦은 것에 대해서 신경 쓰지 말라는 투로 말했다.

"이제 가토 장군이 도착했으니, 앞으로의 계획을 논의해 봅시다. 다들 알다시피 태합 전하께서는 이번 전쟁의 목표를 분명히 하고 계십니다. 전라도 점령과 한양 도성 재점령 말입니다. 이를 위해서 좌군(左軍) 7만이 이미 남원성을 향해 움직이고 있는 중입니다. 이에 맞춰 우리 우군(右軍) 역시 약속된 기일에 좌군과 함께 전주성을 공략하기 위해서는 예정된 일정대로 밀양과 합천 그리고 함양을 거쳐 속히 전라도 땅으로 진출해야만 할 것입니다."

정유재란은 이전 임진년 전쟁과는 그 성격이 판이했다. 일본의 태합 도요토미는 조선의 곡창지대인 전라도를 점령해서 군량미를 확보하는 것은 물론, 명나라와의 화의에 대비해 전라도와 경상도를 일본의 지배하에 두고자 하고 있었다. 물론 명나라는 전쟁이 자신의 영토로 확장되는 것을 원하지 않았고, 은연중에 경상도와 전라도를 일본에 할양하는 것을 반대하지 않고 있었다. 때문에 도요토미는 전라도 점령에 더욱 집착했다. 이를 위해서 왜군을 좌군과 우군으로 나눠 진격토록 했다.

좌군은 약 6만6천 명에 달하는 병력으로, 제8군 대장 우키다 히데이에(宇喜多秀家)가 총사령관을 맡아 좌군을 총지휘하고 있었고, 제1군 대장 고니시 유키나가(小西行長)가 선봉장을 맡았다. 또 여기에 제5군 대장 시마즈 요시히로(島津義弘), 제7군 대장 하치스카 이에마사(蜂須賀家政)가 각자 병력을 이끌고 참여하고 있었다.

한편 우군은 약 7만6천 명에 달하는 병력으로, 제8군을 우키다 히데이에(宇喜多秀家)와 공동으로 이끌고 있던 모리 히데모토(毛利秀元)가 총사령관을 맡아 우군을 총지휘하고 있었고, 제2군 대장 가토 기요마사(加藤清正)가 우군의 선봉장을 맡았다. 여기에 제3군 대장 구로다 나가마사(黑田長政), 제4군 대장 나베시마 나오시게(鍋島直茂)와 그의 동생 나베시마 가츠시게(鍋島勝茂), 제6군 대장 조소카베 모토치카(長宗我部元親)가 각각 참여하고 있었다. 왜군 좌군과 우군 모두 합칠 경우, 병력은 거의 14만에 달했다. 이는 명군과 조선군을 합친 것보다 훨씬 더 많은 병력이었다.

"병사 수에서는 조명연합군을 압도하고 있지만 그렇다고 마냥 안심할 수는 없는 상황입니다. 임진년 전쟁 초기와는 달리 조선군은 이미 우리 군에 대한 충분한 경험을 습득한 상태입니다. 게다가 조선의 관병보다 훨씬 더 위력적인 의병들 또한 우리의 후방을 끊임없이 괴롭히고 있는 상황입니다."

우군 총사령관 모리가 좌중을 둘러보며 말했다.

"결국 진격 속도가 관건이 되겠지요."

제4군 대장 나베시마가 모리의 뒤를 이어 말했다.

"좌군의 경우 남원성(南原城) 공략이 최대 관건이 될 것이고, 우리 우군의 경우에는 육십령(六十嶺) 공략이 최대 관건이 될 터입니다. 그러나 남원성은 평지에 위치한 성이지만 우리의 진격로 앞에는 곽재우가 버티고 있는 화왕산성(火旺山城) 그리고 육십령을 가로막고 있는 황석산성(黃石山城)이 있습니다. 둘 모두 험준하기가 이를 데 없는 산성이고 보면 효율적으로 공략하지 못할 경우 우리 우군의 피해는 막대할 것입니다."

제6군 대장 조소카베 모토치카(長宗我部元親)는 우군의 진격로가 경상우도의 험준한 산악지형을 통과하는 것에 대해서 우려하고 있었다.

덕유산과 황석산 등은 일본에서는 겪어보지 못한 험준한 산이 분명했고, 특히 황석산 정상에는 산성이 자리하고 있었다. 바로 전주성으로 가는 길목이었다. 때문에 황석산성 공격에 철저히 대비하지 못한다면 결국 왜군의 큰 손실로 이어질 것이라는 것이 조소카베의 주장이었다.

"그래봤자, 성을 지키고 있는 조선군은 수백에 지나지 않소이까. 나머지는 아무리 그 수효가 많다고 한들 조선 백성들에 불과하니 한나절 적당히 공격하면 지레 겁을 먹고 후퇴할 테지요."

우군 지휘관들이 지레 겁을 집어먹고 있다고 여긴 가토가 목소리를 높였다. 가토는 우군의 선봉장이나 왜군의 첫째로 꼽히는 맹장이었다. 그런 가토가 목소리를 높이자, 다른 왜장들은 입을 닫았다. 잠시 군막 내부에 무거운 침묵이 흘렀다. 좌군 총사령관 모리가 더 이상 회의를 진행하는 것은 무리라 여기고 몇 가지 당부를 한 후에 회의를 파했다.

"힘껏 싸워도 모자랄 판에 싸우기도 전에 저리들 겁을 집어먹으니 뭐가 되겠나 말이야."

군막을 나서던 가토가 아직 군막에 남아 있던 왜장들이 들으라는 식으로 말했다.

"장군, 안에서 언짢은 일이라도 있으셨습니까?"

군막 밖에서 대기 중이던 기하치로가 가토에게 조심스럽게 물었다.

"자고로 싸움은 목숨을 걸어야 하는 것이다. 그런데 싸우기도 전에 저것들은 목숨을 보전할 생각을 먼저 하고 있으니 되겠냐 말이다."

자신의 야영지로 돌아가는 가토의 말에는 가시가 잔뜩 돋쳐 있었다. 그런 가토의 반응을 보며 기하치로는 부쩍 걱정이 되었다. 예전에 보지 못하던 가토의 모습이기 때문이었다. 기하치로가 보기에 지금 가토는 필요 이상으로 흥분하고 있었고, 때문에 평정심을 잃고 있었다. 기하치로는 서생포왜성을 떠나올 때 자신에게 던진 가토의 질문을 떠올렸다.

'장군을 괴롭히는 것이 도대체 무엇일까?'

가토와 함께 일본과 조선 등 치열한 전투 현장을 누빈 기하치로이었기에 지금 보이고 있는 가토의 모습은 너무도 생소했다. 그래서 두려웠다.

조영호는 숨이 가빴다. 거의 뛰다시피 걷고 있었기 때문이었다. 저잣거리에서 만난 피난민들에게서 들은 소식을 한시바삐 아버지에게 전하기 위해서였다.

"웬 발소리가 이리도 요란한 것인 게냐."

소란스럽게 대문을 열고 들어선 조영호를 본 조종도의 처인 전의 이씨(全義 李氏)가 나무라듯 말했다.

"송구하옵니다, 어머니. 아버님께 급히 전해야 할 전언이 있어서요."

"대체 무슨 일이기에 그토록 숨이 차도록 뛰어온 것이더냐?"

"왜군이 밀양을 거쳐 창녕을 향해 북상하고 있다고 하옵니다."

"왜군이 창녕 쪽으로 북상하고 있다?"

그때 다시 대문이 열리면서 머리에 검은색 전립을 쓰고 푸른색 철릭을 입은 조종도(趙宗道)가 환도를 손에 쥔 채 마당 안으로 들어섰다. 그의 본관은 함안(咸安), 자는 백유(伯由), 호는 대소헌(大笑軒)으로 올해 나이가 61세였다. 때문에 그의 머리와 수염은 나이에 걸맞게 눈부신 흰색으로 세어 있었다. 고령과 지병으로 인해 더 이상 함안 군수직을 수행할 수 없다 여겨 조정에 사직 상소를 올린 그는 후임 군수가 도착하기를 기다리고 있는 중이었다.

"출타 중이셨습니까?"

조영호가 조종도를 향해 고개 숙여 인사를 하며 말했다.

"마침 와 있었구나. 잘 되었다."

조종도가 전의 이씨와 조영호 곁으로 다가오며 말했다.

"아버님, 왜군이 밀양을 떠났다고 들었습니다."

사안이 급하다고 여긴 조영호가 저잣거리에서 들은 왜군의 동태를 서둘러 전했다.

"그렇다고 하더구나."

"알고 계셨습니까?"

"경상우병영에서 띄운 파발이 한 식경 전에 도착했다."

"그러하옵니까?"

"일단 안으로 들자꾸나. 내 긴히 할 이야기가 있다. 부인도 함께 들어야 하니 같이 듭시다."

조종도는 다소 굳은 표정을 하고서 안방으로 향했고, 그 뒤를 전의 이씨와 조영호가 조용히 따랐다. 안방에 자리를 잡고 앉은 조종도는 그제야 들고 있던 환도를 곁에 내려놓았다. 곧 전의 이씨와 조영호도 자리를 잡고 앉았다.

"나으리, 상황이 좋지 않습니까? 안색이 어두워 보입니다."

전의 이씨가 자리를 잡고 앉은 조종도를 향해 물었다.

"부인, 아무래도 왜군이 육십령을 넘을 요량인가 보오."

말끝에 조종도가 가느다랗게 한숨을 내쉬었다.

"아버님, 그렇다면 왜군들이 진정 노리는 것은 전주성이란 말입니까?"

조영호가 다급하게 물었다.

"그럴 테지."

세 사람은 잠시 아무런 말이 없었다. 왜군이 전주성을 치기 위해서는 육십령을 넘어야 했고, 육십령은 현재 세 사람이 머무르고 있는 함양 땅을 거쳐야 했다. 그것은 곧 함양 땅이 수만 왜군에게 짓밟힌다는 의미나 다를 바 없었다.

"지난 3년간 오늘과 같은 상황에 대비해 준비를 해 오기는 했지만, 솔직히 3년의 준비가 무위로 돌아가기를 내 진정 간절히 바랐다. 그런데 그 준비가 요긴할 것 같구나."

조종도가 앞의 두 사람을 바라보며 담담하게 말했다. 그리곤 다시 말을 이어갔다.

"일단 왜군이 육십령을 넘으려 한다면 함양 땅을 그대로 지나쳐 가진 않을 것이다. 해서 너는 이 길로 어머니와 가솔을 데리고 피난토록 하거라."

"소자가 어찌 아버님을 전쟁터에 놔둔 채 피난을 떠날 수 있겠습니까? 그럴 수는 없습니다."

조종도로부터 피난을 떠나라는 말을 들은 조영호는 완곡하게 거부하고 나섰다.

"그렇습니다, 나으리. 노첩(老妾) 또한 둘째와 같은 생각입니다. 어찌 지아비를 전쟁터에 두고 혼자 살겠다고 피난을 떠난단 말입니까. 더군다나 몸도 성치 않으신데."

"허어, 내 나이 올해로 예순하나요. 살 만큼 살았소이다. 게다가 비록 사직을 했다고는 하나, 아직 후임 군수가 도착하지 않았소이다. 때문에 후임 군수를 대신해 함양군과 군민을 지켜야 할 소임이 내게 있지 않겠소."

조종도는 부드럽게 처와 자식을 설득하고 나섰지만 전의 이씨와 조영호는 피난 떠나는 것을 완강하게 거부했다. 설득은 거의 한 시간 넘게 계속되었지만 별 진전이 없었다.

"만약 황석산성으로 들어가고 보면 왜군에 의해 포위될 것은 자명하오. 그리되면 목숨을 버려야 할 것이요. 그것이 두렵지 않소?"

조종도가 자신의 뒤를 따르려는 전의 이씨에게 물었다.

"노첩, 전쟁에 임하는 지아비를 버리고 홀로 피난을 떠났다는 세간의 조롱이 더 무섭사옵니다."

"부인!"

"어머니 말씀이 맞사옵니다. 아버님을 홀로 전쟁터에 두고 어찌 피난을 가겠습니까. 소자 또한 칼 쓰기와 활쏘기에는 제법 자신이 있사옵니다. 아버님 곁에서 왜군과 싸우도록 허락하여 주시옵소서."

조종도는 가만히 두 눈을 감았다. 그리고는 자신이 정말 좋은 아내와 자식을 두었구나 하고 여기며 흡족해 했다. 그러나 또한 한편으로는 자신을 따라 기꺼이 목숨을 버리려는 두 사람이 안쓰러웠다.

"좋소이다. 그럼 다 같이 산성으로 오릅시다. 너는 이 길로 네 누이들에게 연통을 넣어서 즉시 피난을 떠나라 전하라. 시간이 얼마 없으니 즉시 떠나라 일러라."

조종도와 전의 이씨 사이에 아들이 셋 있었는데, 장남은 일찍 세상을 버린 탓에 조영호가 장남 역할을 하고 있었다. 그리고 딸은 넷을 두었는데, 모두 근방에 살고 있었다. 때문에 전란에서 결코 자유롭지 못했다.

"네, 아버님."

"부인께서도 집안의 하인들 중에서 떠나고 싶은 자는 떠나도록 해주시고요."

"그리합지요."

"그럼 나는 다시 군청으로 나가보겠소."

자리에서 일어나 방문을 열고 다시 군청으로 향하는 조종도의 얼굴은 왔을 때보다 더욱더 굳어져 있었다.

밀양에 잠시 머물렀다가, 북서진(北西進)하던 약 8만에 가까운 왜군 우군은 마침내 창녕 부근에 이르렀다. 1597년 8월 8일 오후 무렵이었다. 하지만 예상됐던 조선군 및 의병들의 거센 저항 따위는 없었다. 그도 그럴 것이 이미 창녕 부근의 조선군과 의병 등은 사도체찰사 이원익과 도원수 권율의 명에 의해 철저한 청야(淸野)를 한 후에 모두 인근 산성에 집결하여 항전 태세를 갖춘 뒤였다.

그 때문에 왜군을 맞이한 것은 텅 빈 집과 급히 추수를 끝낸 들판뿐이었다. 본의 아니게 창녕 지역에 무혈입성하게 된 왜군 우군은 잠시 진격을 멈추고 뜻하지 않은 휴식을 취할 수밖에 없었다. 현지에서 군량을 확보하려 한 계획이 차질을 빚게 된 때문이었다. 왜군 우군 총사령관인 모리는 멀리 화왕산성이 보이는 곳에다 급히 군막을 세우고 수뇌부 회의를 개최했다.

"놈들이 화왕산성으로 숨은 모양인데, 고약하게 됐구만."

모리가 혀를 차며 말했다.

"현재 화왕산성에 모인 조선 군사의 수가 얼마나 된다고 합니까?"

제3군 대장 구로다 나가마사(黑田長政)가 이마에 흐르는 땀을 수건으로 찍어 내며 물었다.

"현재 파악된 조선 군사의 수는 1천가량이고, 조선 백성이 2천 정도 되는 모양입니다. 헌데 화왕산성을 지키는 조선군 장수가 문젭니다."

적정 정탐을 담당했던 가토가 인상을 쓰며 말했다.

"조선군 장수? 누굽니까?"

가토의 말이 떨어지기 무섭게 제4군 대장 나베시마가 화왕산성을 지키는 조선군 장수를 궁금해하며 물었다.

"바로 곽재우란 자입니다."

곽재우라는 말에 가토를 제외한 다른 왜군 장수들의 표정이 일제히 굳어 버렸다. 그도 그럴 것이 지난 임진년 전쟁 중에 왜군을 가장 괴롭힌 조선군 장수 중 한 사람이 바로 곽재우이기 때문이었다. 사실상 임진년 전쟁 때 왜군의 서진을 좌절시킨 이가 바로 곽재우였다. 해서 왜군 우군에 소속된 장수들은 그런 곽재우가 지키고 있는 화왕산성 공략을 대번에 걱정했다.

"다들 보셨다시피 화왕산성은 그 산세가 험하고, 견고하여 공략하기가 만만치 않습니다. 또한, 그곳을 지키는 장수가 곽재우이고 보면 성의 공략은 더더욱 힘들 것입니다. 우리는 앞으로 좌군과 함께 전주성을 공략해야 합니다. 이후에 한양 도성 또한 공략해야 하고요. 그런 측면에서 보자면 우리 좌군의 7만5천의 군사로도 정말 빠듯하다고 할 것입니다."

가토가 목청을 높이며 말했다.

"가토 장군의 말이 맞습니다. 초전에 너무 힘을 뺄 필요가 없습니다."

제4군 대장 나베시마가 가토의 의견에 적극적으로 찬성하고 나섰고, 이는 다른 왜군 장수들 또한 나베시마와 다르지 않았다. 그런 가토의 지적에 자리에 함께한 이들 모두 공감하였다.

"그럼 어떻게 하면 좋겠습니까? 개인적으로 나베시마 장군의 말에 찬성합니다. 다른 장군들도 의견을 내 보세요."

좌군 총사령관 모리가 다른 왜군 장수들의 의견을 물었다.

"창녕 지역을 장악한 이상 화왕산성을 점령하기 위해서 힘을 뺄 필요는 없는 노릇이죠. 우회해서 곧장 합천으로 진격하여 함양으로 치고 올라갑시다."

가토가 화왕산성을 우회하여 곧장 합천으로 진격하자는 의견을 냈고, 다른 왜군 장수들이 그런 가토의 의견에 앞다퉈 찬동했다.

"좋습니다. 밀양에 주둔 중인 군사 일부를 창녕으로 이동 배치하여 화왕산성에 주둔 중인 조선군이 우리의 배후를 어지럽히는 것을 방지하여야겠습니다."

모리가 가토의 말대로 화왕산성을 우회하기로 결정하고, 그에 따른 후속 대책을 시행하도록 지시했다. 결국 왜군 우군 장수들은 곽재우가 지키는 화왕산성을 우회하여 곧장 합천으로 진군하기로 하였다. 그러나 문제는 있었다. 바로 성주와 대구에 주둔 중인 조선군이 남하하여 왜군 우군의 배후를 공격한다면 문제가 될 수 있었기 때문이었다.

"문제는 고령성(高靈城)입니다. 만약 성주성 및 대구 공산성에 주둔 중인 조선군이 남하하여 우리 배후를 들이친다면 우리로서는 고전할 수밖에 없습니다. 해서 우리 본대 병력 일부를 고령성 방면으로 보내, 앞으로 예상되는 조선군의 배후 공격을 차단할 필요가 있을 듯 보입니다."

조선군의 후위 공격을 염려한 가토가 고령성 공격 및 점령을 주장하고 나섰다. 화왕산성은 왜군 입장에서 보자면 그다지 매력적인 곳이 아니어서 우회해도 별문제는 없었다. 그러나 고령성은 달랐다. 왜군 우군의 입장에서 보자면 고령성은 인근 성주성과 대구 공산성에 밀집해 있는 조선군의 남하를 막는 데 매우 중요한 요충지라고 가토는 판단하고 있었다. 만약 고령성을 점령하지 못한 채 서진하다가는 배후가 매우 위험해질 수도 있었다.

"딴은 가토 장군의 지적이 일리가 있습니다."

우군 총사령관 모리가 가토의 지적에 대해서 일리가 있다며 거들고 나섰다.

"고령성 점령은 우리 제4군이 맡도록 하겠습니다. 제 동생에게 군사 1만2천 명을 내주어 고령성을 점령한 뒤에 주둔하여 남하하는 조선군을 차단토록 하지요."

제4군 대장 나베시마가 고령성 점령 임무를 맡겠다고 나섰다. 그는 그 자리에서 자신의 동생이자 휘하 장수인 나베시마 가츠시게(鍋島勝茂)에게 군사를 내어주어 날이 밝는 즉시 고령성 공략에 나서도록 하겠다고 했다.

"좋습니다. 그렇다면 여기서 하루를 머문 다음에 곧장 합천으로 가도록 합시다."

"네, 장군."

1597년 8월 9일 정오를 넘기기 무섭게 대구 공산성에 머무르고 있던 사도체찰사 이원익에게 파발이 수도 없이 날아들었다. 대부분 왜군의 움직임에 관한 파발이었다.

"도원수, 왜군이 밀양과 창녕을 거쳐 합천으로 이동하고 있다고 합니다."

체찰사 이원익이 심각한 표정으로 옆에 앉아 있던 도원수 권율을 바라보며 말했다.

"그렇다면 왜군의 목표가 서진인 것은 분명합니다. 만약 새재를 넘어 도성을 칠 요량이었다면 창녕에서 곧장 고령 쪽으로 북상했겠지요."

"그러게 말입니다."

"체찰사 대감, 외람되오나 경상우병영의 군사를 속히 재배치해야 한다 여깁니다."

"허나, 도원수께서도 잘 아시다시피 경상우병영의 병력 중에 어디 한 곳 여유가 있는 곳이 있습니까? 윗돌 빼내 아랫돌 괴는 수준이 아니오니까."

체찰사 이원익이 답답해하며 말했다. 실제 조선군의 현황이 그랬고, 앞으로 더했으면 더했지 절대 나아지지는 않을 것이라 체찰사 이원익은 생각했다.

"선택과 집중을 해야겠지요. 경상우도를 관통하고 있는 왜의 대군이 왜 고령 쪽으로 북상하지 않고 합천 쪽으로 서진을 하고 있다고 여기십니까?"

"현재 남원성을 향해 진격 중인 또 다른 왜의 대군과 관련이 있겠지요."

"그렇습니다, 체찰사 대감. 왜군은 큰 이변이 없는 한 전주성 인근에서 결진한 후에 전주성을 들이치려 할 겁니다."

"나의 생각도 도원수와 다르지 않아요."

"결국 왜군이 노리는 것은 전주성을 점령하여, 조명연합군의 지원을 차단한 후에 전라도를 점령하려 하는 것이겠지요. 그런 연후에 군량미를 안정적으로 확보한 연후에 다시 도성을 치려들 공산이 크지 않겠습니까."

이원익은 아무 말이 없었다. 도원수 권율의 견해는 정확히 자신의 견해와 일치하고 있었다. 그렇다고 14만에 이르는 왜 대군에 맞설 병력이 조선군에는 없었다. 때문에 14만에 달하는 왜군이 조선의 남부를 종횡무진 휘젓고 다니는 중이지만 조선군이 당장 할 수 있는 일이 없었다. 말 그대로 속수무책이었다. 그나마 늦기 전에 청야를 명해 왜군들이 현지에서 군량미를 조달하는 것을 막은 것이 다행이라면 다행이었다.

"속히 병력을 함양으로 보내야 합니다. 일단 왜군이 함양을 거쳐 전라도 땅으로 넘어가게 된다면 전주성의 안위는 보장하기 힘듭니다. 이는 체찰사 대감도 잘 아시는 바가 아니오니까."

"맞아요. 허나 거듭 말하지만 지금 경상우도 병력 중 함양으로 보낼 여유가 없습니다. 병력의 여유가 있다면 벌써 보냈음이에요."

"최소한의 병력만 남기고 보내야지요."

"도원수께서 어찌 그런 말을 하시는 게요. 지금 각 성을 지키는 병력조차 최소한의 병력입니다. 거기서 더 병력을 차출하여 함양으로 차송한다면 각 성의 방어가 불가능해집니다."

체찰사 이원익의 말은 사실이었다. 그것은 도원수 권율 또한 인정하지 않을 수 없었다.

"그럼 어쩐단 말입니까?"

"사수해야지요. 어떻게 해서든지 말입니다. 왜군을 쉽사리 육십령(六十嶺)을 넘도록 해서는 안 됩니다."

"체찰사 대감, 육십령 고개 방어는 황석산성에 달려 있는데, 그곳 병력이 조선군 수백에 백성 7천 정도입니다. 그런 병력으로 어찌 8만에 가까운 대병력을 상대한단 말입니까."

도원수 권율이 답답해하며 말했다.

"단 하루라도 왜군의 진격을 저지할 수 있다면 그것으로 된 것이지요. 그만큼 전주성을 방비할 시간을 버는 것일 테니까요."

사도체찰사 이원익이 짧고도 단호하게 말했다.

"아……!"

사도체찰사 이원익의 말에 도원수 권율은 그만 할 말을 잃고 말았다. 황석산성 방어에 투입될 군사와 백성 모두에게 옥쇄(玉碎)

라는 형이 내려진 것과 진배없었기 때문이었다. 그것도 제대로 된 지원도 없이 말이다. 도원수 권율은 하늘이 유독 조선 백성에게만 가혹하다 여겼다. 조선 백성 7천 명과 왜군 8만의 싸움. 이미 승패는 결정이 난 것이나 진배없었고, 전투 결과는 조선 백성 전원 전사일 게 뻔했다. 암울했다. 도원수 권율은 속으로 간절히 염원(念願)했다.

'부디 하늘이시여, 황석산에서 기적이 일어나는 것을 허락하시옵소서.'

"방을 붙일 채비는 마쳤느냐?"

안음현감(安陰縣監) 곽준(郭䞭)이 이방에게 물었다.

"네, 사또! 준비를 모두 마쳤사옵니다!"

"그렇다면 속히 방을 붙이도록 해라!"

"다녀오겠습니다."

이방이 군졸들을 데리고 현청을 빠져나가자, 곽준은 병방을 데리고 군기 창고로 향했다.

"장부와 대조를 해 봤더냐?"

"네, 사또. 한 치의 오차도 없사옵니다."

"숫자가 중요한 것이 아니다. 장부에 등재된 무기를 당장 쓸 수 있어야 하느니라! 병장기 하나하나 철저히 점검해 그 사용 여부를 점검토록 하라!"

"네, 사또."

곽준은 현의 군기 창고에서 나와 다시 집무실로 향했다. 그런데 현청 앞마당에 단정한 모양새의 선비 한 사람이 서 있는 게 눈에 보였다. 어딘가 눈에 익었다. 곽준은 오래지 않아, 앞에 서 있는 선비가 바로 전 함양군수 조종도(趙宗道)라는 것을 알아차렸다. 선비의 정체를 알아차린 곽준은 한달음에 가까이 다가가 정중히 예를 갖추고 고개를 숙였다.

"군수님께서 예까지 어찌 오셨습니까?"

"왜군들이 다시 쳐들어온다고 하기에 내 준비가 어떠한지 궁금하여 왔소이다."

조종도가 너털웃음을 지으며 말했다.

"아무튼 잘 오셨습니다, 어서 안으로 드시지요."

"그럽시다."

곽준은 조종도와 함께 현청 자신의 집무실로 들어갔다.

"좌정하시지요."

곽준이 조종도에게 자리를 권했다.

"고맙소이다."

곽준은 아전을 시켜 조종도를 위해서 차를 내어 오도록 했다. 곽준과 조종도가 전황을 두고 가벼운 대화를 나누는 사이, 두 사람이 마주하고 앉은 탁자 위에 곧 간단한 차구가 차려졌다.

"드시지요."

곽준이 직접 찻잔에 차를 부은 다음, 조종도에게 찻잔을 건넸다. 찻잔을 건네받은 조종도는 잔을 들어 차를 잠시 마셨다.

"기별 없이 찾아온 것도 미안한데, 이리 차까지 내와 노구(老軀)를 환대해주니 몸 둘 바를 모르겠소이다."

조종도가 찻잔을 내려놓으며 말했다.

"별말씀을 다 하십니다, 군수님."

조종도의 말에 곽준이 정색을 하며 말했다.

"그나저나 군수님, 병환은 좀 어떠하신지요?"

"덕분에 조금 움직일 만합니다. 나이가 드니 병이 더 기승을 부리는 것 같구려."

조종도가 온화한 미소를 지으며 말했다. 그러나 사실 조종도의 병환은 제법 깊었다. 병이 깊어 함양 군수직을 제대로 수행할 수가 없다며 몇 달 전에 사직한 상태였다. 조종도는 53세 무렵인 1589년 겨울에, 정여립의 모반을 계기로 일어난 기축옥사(己丑獄事)에 연루되었다는 모함을 받고 의금부에 하옥되어 모진 고초를 겪은 바 있었다. 지금 조종도의 병은 그때 당한 고문에서 기인한 바가 컸다.

"조심하셔야죠. 내 의원에게 들으니, 군수님의 병이 결코 가볍지 않다 하였습니다."

"아직 움직일 만하니, 곽 현감께서는 심려치 마시오."

"알겠습니다. 한데 오늘 예까지 어인 일이십니까?"

"곽 현감께서도 경상우병영에서 보낸 파발을 받아 보셨겠지만 왜군의 대군이 몰려오고 있지 않습니까. 미력하나마 힘을 보태겠다는 말을 하러 왔소이다."

"군수님께서 그리해 주신다면 소관은 천군만마를 얻게 되는 셈이지요. 사실 육십령으로 몰려오는 왜군의 수가 대략 8만에 이른다고 하는데, 우리끼리 말이지만 별 대책이 서질 않습니다."

"그렇지요. 왜군이 8만인데 우리가 무슨 수를 낼 수 있겠습니까. 다만 죽기를 각오하고 싸울 수밖에요."

"그래도 군수님께서 3년간 오늘 같은 일에 대비해 준비를 해주신 덕분에 그나마 실낱같은 희망이나마 가져볼 만합니다."

"별말씀을요. 사실 준비는 곽 현감이 거의 다 하셨지 않습니까."

사실 조종도는 함양군수를 사직하기 전에 곽준과 함께 황석산성을 수리하며 왜군의 공격에 대비해 왔었다. 왜냐하면 황석산성은 경상도에 주둔 중인 왜군이 전라도 땅으로 진출하기 위해서 반드시 넘어야 하는 육십령 고개의 방어 요충지이기 때문이었다. 그러나 제아무리 험준한 황석산 정상에 위치한 요충지라고 하더라도 황석산성으로는 무려 8만에 달하는 왜군을 당해낼 수 없는 노릇이었다. 자연스럽게 조종도의 머릿속에 왜군의 공격에 무너지는 황석산성의 모습이 그려졌다.

"그렇지 않아도 체찰사 대감으로부터 황석산성을 기필코 사수하라는 명을 받았습니다."

곽준이 담담하게 말했다.

"곽 현감!"

조종도는 안타까웠다. 말이 사수이지 황석산성에서 싸우다 죽으라는 명이나 마찬가지였다. 곽준의 나이 이제 48세였다. 나이가 61세인 조종도가 보기에 죽기에는 너무도 아까운 청춘이 아닐 수 없었다. 게다가 이제 황석산성에서 왜적과 맞서 싸울 인근 백성들은 어떠한가. 외부의 지원 없이 맨몸으로 싸우다가 외로이 죽음을 맞이할 게 뻔했다. 생각 끝에 조종도의 입에서 가느다란 한숨이 새어 나왔다.

본관이 현풍(玄風)인 곽준은 원래 문관(文官) 출신이었다. 임진왜란이 일어났을 때 의병장 김면(金沔)의 휘하에서 싸웠다. 특히 활을 잘 쏘기로 정평이 나 있었는데 한 번에 3대의 화살을 쏴서

명중시키는 솜씨는 가히 신기에 가까웠다. 이와 같은 곽준의 활약을 눈여겨본 경상우도 초유사(招諭使) 김성일(金誠一)이 조정에 그를 천거하였고, 이를 통해 처음 관직에 나가게 되었다. 그리고 1594년에 뛰어난 능력을 인정받아 안음현감(安陰縣監)을 제수받았다. 안음현감이 된 곽준은 함양군수 조종도와 의기투합하여 왜군이 전라도를 공격하기 위해서 몰려올 것에 대비해 군사의 조련 및 황석산성 수리와 전투 시설 확충에 근 3년을 준비해 왔다.

"명이 내려졌으니, 힘써 싸울밖에요."

곽준이 빙긋 미소를 지으며 말했다. 비록 3년의 준비를 철저히 해왔지만 8만이라는 왜군은 그 3년의 준비를 무색하게 만들기 충분했다.

"어쩔 요량이오?"

조종도가 걱정스럽게 물었다.

"인근 7개 고을 백성들에게 성으로 들어와 싸울 것을 알렸습니다. 어차피 군사의 수야 500이 채 되지 않으니, 최대한 백성들을 불러 모아야겠지요."

"많아 봐야 8천일 겁니다. 이미 많은 수의 백성들이 깊은 산으로 숨어들고 있으니 더 줄어들지도 모르지요."

"할 수 없는 노릇이지요. 목숨이 아깝지 않은 자가 어디 있겠습니까."

그때 갑자기 밖이 소란스러웠다.

"밖에 무슨 일이냐?"

곽준이 목소리를 높여 물었다. 곧 군졸 하나가 들어와 대구 공산성에서 파발이 당도했음을 알렸다.

"아무래도 내가 곽 현감의 시간을 너무 많이 뺏은 듯하니, 이만 가보겠소이다."

"살펴 가십시오, 멀리 나가지 못합니다."

"제 걱정은 하지 마시고, 어여 군무나 보시오."

조종도는 곽준과 인사를 나눈 후에 말을 타고 다시 집으로 향했다. 가는 길에 보니 많은 수의 백성이 왜군이 몰려온다는 소식을 접한 탓에 피난에 나서고 있는 중이었다.

1597년 8월 12일 무렵에 사도체찰사(四道體察使) 이원익은 대구 공산성을 벗어나 인근 금오산성에 임시로 설치한 도체찰사 근무처인 체부(體府)에 잠시 머물고 있었다. 금오산성은 인근의 천생산성(天生山城)과 좌·우측으로 마주 보고 있으면서 낙동강을 끼고 있어 방어하기 매우 용이했다. 게다가 충청도로 향하는 요지인 이화령(伊火嶺)과 추풍령(秋風嶺)을 방어하기 위한 요충지이기도 했다. 그러나 이원익이 금오산성에 체부를 마련한 것은 금오산성이 경상도의 산성을 가운데에서 통할(統轄)할 수 있는 위치에 있었기 때문이었다.

체부에 돌아오기 무섭게 사도체찰사 이원익은 분주했다. 1만이 넘는 왜군이 고령성으로 접근하고 있다는 소식 때문이었다. 뜻밖의 소식에 사도체찰사 이원익은 즉시 경상우도방어사(慶尙右道防禦使) 고언백(高彦伯) 그리고 경상우병사(慶尙右兵使) 김응서(金應瑞)를 불러들였다.

"체찰사 대감, 왜군 1만2천 명이 고령성을 향해 북상 중이라 하니, 이거 참 큰일이 아닐 수 없습니다."

우병사 김응서가 안절부절못하며 말했다.

"만약 고령성이 왜군의 수중에 떨어진다면 대구는 물론이고 성주 또한 무사하기 어려울 겝니다."

방어사 고언백 또한 갑작스러운 왜군 출현에 잔뜩 긴장하고 있었다. 왜군 7만5천이 합천을 지나 함양으로 접근하고 있다는 파발이 당도한 지 채 하루가 되지 않았다. 그런데 난데없이 왜군 1만 이상이 고령성으로 북상하고 있었다. 지금 현재 고령성을 비롯한 인근 조선군만으로는 1만2천에 달하는 왜군을 막기에 역부족이었다.

"이대로 고령성을 왜군에 그냥 내어줄 수는 없는 노릇입니다. 일단 동원할 수 있는 군사를 긁어모아 한시바삐 고령성으로 급파해야겠습니다. 누구를 보내면 되겠소이까?"

사도체찰사 이원익이 물었다. 그러나 우병사 김응서도, 방어사 고언백도 쉬이 대답하지 못했다. 잠시 침묵이 흘렀다.

"아무래도 상주판관(尙州判官)으로 있는 정기룡(鄭起龍)이 좋을 듯합니다."

오랜 침묵 끝에 적당한 인물을 떠올린 방어사 고언백이 말했다.

"저 또한 방어사 영감과 같은 의견입니다. 이미 정 판관은 임진년에 왜군을 상대로 숱한 전과를 올린 바 있지 않습니까?"

우병사 김응서 또한 고언백과 같은 의견이었다. 정기룡은 임진년 전란이 일어났을 때, 거창 전투에서 왜군을 대파한 것은 물론이고, 이후 상주판관에 부임해 왜군과 격전 끝에 상주성을 탈환하는 등의 전공을 세운 바 있었다. 사도체찰사 이원익 또한 정기룡을 잘 알고 있어서, 적당한 인물이라 여겼다.

“좋습니다. 두 분 장군 뜻대로 정 판관에게 군사 2천을 내어주어 즉시 고령성으로 출진토록 합시다. 시간이 없음이에요.”

사도체찰사 이원익의 지시를 받은 우병사 김응서가 자리에서 일어나 군례를 갖춘 후에 밖으로 나갔다.

“아무래도 이번 고령성으로 접근 중인 왜군은 지금 함양으로 진격 중인 왜군의 후위 엄호 군일 가능성이 큽니다.”

방어사 고언백이 사뭇 심각한 표정으로 말했다.

“그래도 다행 아닙니까. 함양을 공격할 왜군의 수효가 7만5천에서 6만 정도로 줄었으니까요.”

사도체찰사 이원익이 한숨을 내쉬며 말했다.

“그렇기는 합니다.”

방어사 고언백은 비록 겉으로는 사도체찰사 이원익의 의견에 동의하기는 했지만 속으로 그렇다고 이제 곧 전투를 치러야 할 황석산성의 조선군 및 백성들이 맞닥뜨릴 현실은 여전하다 여겼다. 6만이든 7만이든 왜군의 공격은 그 수효와 상관없이 맹렬할 것이고, 그런 맹렬한 공격을 버티기에 황석산성은 황석산의 험준함을 빼고 나면 사실 그렇게 튼튼하지 못했다. 지난 임진년 전쟁을 통해 싸움 귀신같던 왜군이 비록 제법 큰 희생을 치르기는 하겠지만 못 오르지는 않을 것이라 방어사 고언백은 판단했다. 만약 일단 성이 함락되고 보면 그 안에서 항전하던 백성들의 목숨은 야차(夜叉) 같은 왜군들의 손에 거둬질 테였다. 실로 안타까웠다. 할 수 있는 것이 없었다. 그래서 방어사 고언백은 더욱더 안타까웠다.

“무운을 비오이다.”

방어사 고언백이 읊조리듯 황석산성에서 외롭게 싸워야 할 조선군과 조선 백성들의 무운을 염원했다.

온 동네가 시끌벅적했다. 조상 대대로 지내온 추석 때문이 아니었다. 함양으로 몰려오는 왜군 때문이었다. 차례 따위는 안중에도 없었다. 어떤 이는 가족들을 이끌고 고단한 피난의 길을, 어떤 이는 울부짖는 가족을 뒤로하고 황석산성으로 향하는 길을 걷고 있었다. 피난을 떠나는 이도, 결사 항전을 위해 황석산성으로 향하는 이도 살고 또는 살리고자 하는 의지가 얼굴에 가득했다.

"이것 보시게, 대소헌(大笑軒)! 올해 자네 연치(年齒)를 생각하시게. 예순하나일세! 예순하나!"

붉은빛으로 곱게 물들인 두정갑을 갖춰 입고 온 가족들과 함께 황석산성으로 가기 위해서 준비하고 있던 조종도에게 지인들이 찾아와 그의 황석산성행을 만류하기 시작한 것은 해가 떠오른 직후였다. 모두 같이 동문수학하거나 함께 유년기를 보낸 말 그대로 죽마고우들이었다.

"그렇네. 게다가 자네는 몸도 성치 않지 않은가. 그 몸으로 어찌 저 험한 황석산에 오르고자 하는 건가. 더욱이 가솔들을 생각해야지. 자네도 마찬가지겠지만 가솔들은 무슨 죄인가? 몰려오고 있는 왜군의 수효가 8만일세 8만! 이번에 성에 들어가면 십중팔구는 자네와 자네의 가솔들은 왜군의 손에 불귀의 객이 되고 말 것일세!"

지인들은 노구에다 병환까지 깊은 몸에도 불구하고 투구와 갑옷 그리고 칼을 차고 황석산성으로 들어가려는 조종도를 만류하기 위해서 때론 애원을, 때로는 협박에 가까운 외침을 내지르고 있었다. 그러나 그 누구도 조종도의 의지를 되돌리지는 못하고 있었다.

"밖을 보시게. 수많은 장정이 성으로 들어가고 있네. 만약 군수까지 지낸 내가 왜군을 피해 피난길에 올라 보시게. 지난 임진년에 내 격문을 어찌 지어 돌렸는지는 자네들이 모르지 않지 않은가. 그런 내가 도망친다면 민심이 동요하는 것은 불문가지 아니겠는가?"

조종도는 임진년에 전쟁이 터지자 의령 출신 송암(松巖) 이로(李魯)와 함께 경상도 각 고을에 창의문(倡義文)을 지어 돌려 의병을 모았었다. 당시 창의문의 내용은 '나라에 재난이 있으면 관직이 있고 없고를 떠나, 선비 된 자라면 평소 배운 바대로 실행하여 천리(天理)의 떳떳함을 지켜야 하며, 세상을 잊고 자신만을 깨끗이 간직하는 것을 능사로 삼아 명예만 얻으려는 하는 것은 절대 옳지 않고, 무릇 선비란 문무를 겸비하고서 옳은 일에 몸 바칠 각오가 되어 있어야 한다'였다. 조종도는 다시 한 번 창의문 내용을 언급하며 자신의 의지를 꺾을 생각이 없음을 분명히 했다.

"자네들은 왜 입을 다물고 있는 것인 겐가! 노구에다가 병환까지 깊은 아버지를 말려야 하지 않은가!"

조종도가 성으로 들어가 왜군과 싸우려는 의지를 꺾지 않자, 드디어 조종도의 아들들에까지 불똥이 튀었다.

"아버님께서 대의(大義)를 위해 싸우시겠다고 하시는데, 아들 된 도리로 어찌 만류하겠습니까. 오히려 함께 싸우는 것이 마땅하다 여길 따름입니다."

조영호가 차분히 대답했다.

"허허허, 답답하기는 아비나 아들이나 매한가지로구만."

조종도의 지인들은 조영호의 말을 듣고 모두 혀를 찼다.

"나를 걱정하는 자네들의 심정은 이해가 가네만, 허나 친구에게 약속한 것도 어길 수가 없는 법인데, 하물며 나라를 위해 성을 지키겠다고 한 약속을 내 어찌 스스로 저버릴 수 있겠는가. 왜적은 이미 지척이고, 새 군수조차 부임치 않은 상황이네. 이런 상황인데 내 안위만을 쫓아 도망칠 수는 없음이야. 게다가 안음현감 홀로 황석산성에 들어가 싸우게 할 수는 없네. 자네들이 이 노구를 걱정하는 마음 잘 알겠네. 허나 아무리 난세라고는 하나 나라의 녹을 먹은 사람이 어찌 도망하는 무리와 초야에서 함께 죽겠는가. 무릇 선비란 죽을 때는 분명하게 죽어야 한다 여기네. 내 이제 진실로 죽을 곳을 얻었으니 죽은들 무슨 여한이 있겠는가? 아니 그런가? 하하하!"

조종도가 다시 한 번 자신의 의지를 밝힌 다음, 호탕하게 웃었다. 그런 그를 보며 방을 가득 메운 지인들도 감히 다른 말을 하지 못했다.

"내 여기 시를 한 수 지었네. 부디 이 시가 세상에 전해져 선비가 되고자 하는 이들에게 조금이나마 경계(鏡戒)가 되었으면 하네."

조종도는 마지막으로 품에서 서찰을 하나 꺼내 지인 앞에 내놓았다. 한 지인이 그것을 펼쳐 보았다.

'崆峒山外生猶幸(공동산외생유행)
巡遠城中死亦榮(순원성중사역영)
공동산 밖에 사는 것이 오히려 행복하다 하겠지만

장순, 허원처럼 성을 지키다 죽는 것 또한 영광이다'

시에는 성을 지키기 위해서 이미 죽음을 각오한 무장의 결연한 마음이 담겨 있었다. 조종도의 비장(悲壯)한 심정이 절절한 시구를 받아든 그의 지인들은 고개를 숙인 채 더 이상 어떤 말도 하지 않았다.

"이제 시간이 되었네. 다들 돌아가 식솔들을 챙겨 어서 피난길에 오르시게들."

조종도는 곁에 놓아두었던 투구와 칼을 집어 들고 일어섰다. 그리고는 아들 조영호와 함께 밖으로 나와 마당으로 내려섰다. 마당에는 이미 모든 채비를 끝낸 전의 이씨와 셋째 아들 조영혼(趙英混)이 피난을 거부하고 함께 싸우기를 고집하며 모여든 네 명의 사위들과 함께 서 있었다.

"자, 부인 갑시다."

조종도는 아무런 말 없이 대문 밖으로 나가, 미리 대기 시켜둔 준마(駿馬)에 올라 미련 없이 집을 떠났다. 그리고 그 뒤를 부인과 두 아들이 조용히 따랐다.

성을 향해 황석산을 오르는 백성의 행렬이 도무지 끝이 보이지 않았다. 안음현감 곽준은 푸른색 두정갑을 입고 칼을 든 채 성을 지키겠다 몰려드는 수천에 달하는 백성의 행렬을 바라보며 착잡한 표정을 짓고 서 있었다. 행렬 속에는 장정들 이외에도 아녀자(兒女子)들도 상당했기 때문이었다.

'저들 중에는 왜적으로부터 나라를 지키겠다 여긴 이들도, 왜적으로부터 자신의 목숨을 구하기 위한 이들도 있을 것이다. 참으로 안타깝구나. 나라를 지키기 위해서도, 살기 위해서도 목숨을 걸고 싸워야 하니 말이다.'

황석산성으로 몰려드는 수천에 달하는 백성의 안위를 생각하자, 곽준은 수성장(守城將)으로서의 무거운 책임감에 손이 떨렸다. 모두 살리고 싶었다. 살려서 성을 다시 내려가게 하고 싶었다. 적어도 수만의 왜군들이 코앞까지 들이닥친 상황에서도 싸우겠다 몰려드는 백성들이 곽준이 보기에 그렇게 갸륵할 수가 없었다. 비록 신분은 낮거나 미천할지라도 가슴에 품은 의기(義氣)만큼은 조선 최고의 선비와 다르지 않다 여겼다.

'만약 그대들이 다시 살아서 저 성문을 나갈 수만 있다면 내 목숨을 백 번이라도 왜적 앞에 내놓겠소.'

곽준은 백성들이 무탈하게 전투를 치르고 모두 살아 다시 성을 나가기를 간절히 염원했다. 그러나 그것은 그와 같은 염원이 그저 자신의 희망에 지나지 않는다는 것을 스스로 잘 알고 있었다. 그래서 슬프고 슬펐다. 그런 슬픔을 아는지 손에 쥔 장검에 매달린 붉은 빛 수술이 황석산 정상을 향해 불어오는 바람에 조용히 흔들리고 있었다.

1597년 8월 12일 오후 늦게 드디어 6만3천에 달하는 왜군 우군은 황석산 정상이 뚜렷이 바라다보이는 곳까지 진출했다.

"장군! 바로 저기가 황석산입니다."

가토의 곁에서 나란히 말을 타고 나아가고 있던 부하 장수 하나가 손으로 황석산 정상을 가리켜 가토에게 말했다. 가토가 말을 멈추고 고개를 들어 바라보니, 멀리 황석산 정상이 바라보였다. 산 정상 부근에 열을 지어 솟아올라 있는 거대한 누런 바위(黃石)가 매우 인상적이었다. 가토는 왜 산의 이름이 황석산인지 쉽게 이해할 수 있었다.

"참으로 험준하기 짝이 없는 산세가 아니더냐. 저런 험한 산세에 의지해 성을 쌓았으니, 이번 싸움은 절대 쉽지 않을 것이야."

가토는 잠시 말을 멈춘 채, 황석산 정상 부근에 보일 듯 말 듯 길게 둘러쳐져 있는 황석산성의 성벽을 눈살을 잔뜩 찌푸리며 바라봤다. 높이 1,190m에 달하는 험준한 산세를 가진 황석산을 그냥 오르는 것도 힘에 부칠 판이었는데, 산의 정상 부근에 구축되어 있는 성을 험한 산세를 거슬러 오르며 공격하는 것은 거의 불가능한 것처럼 느껴졌다. 자신의 눈으로 직접 본 황석산성은 정찰병의 보고를 통해 간접적으로 파악하고 있던 것보다 훨씬 더 공략하기 까다로워 보였다. 말 그대로 난공불락의 요새가 아닐 수 없었다.

"가자!"

가토는 잠시 멈췄던 자신의 부대를 다시 이동시켰다. 오후의 해가 황석산성의 정상에 거의 맞닿으려 하고 있는 중이었다. 이미 계곡 곳곳에는 산의 그림자에서 번져 나온 어둠이 점점 짙어가는 중이었다. 가토는 말에 박차를 가해 속도를 높였다. 어둠이 내려앉은 깊은 계곡에는 지친 자신들의 병사들을 노리는 조선군 매복이 있을지도 모를 일이었다. 어둠이 본격적으로 몰려오기 전에 임시 주둔지로 선정한 황석산 아래 유동마을 인근 들판에 도착해야만 했다. 그래야만 오랜 강행군에 지친 병사들에게 식사와 휴식을 줄 수 있었다.

"군사들을 배불리 먹이고 충분히 쉬도록 하라!"

지정된 숙영지에 도착한 가토는 부하 장수들을 소집하여 각자 거느린 군사들을 충분히 쉬도록 했다. 또한 주둔지 부근 경계를 강화하여 야음을 틈탄 조선군의 공격에 대비토록 했다.

"장군, 모리 장군께서 회의를 소집하셨습니다."

부하 장수들과 식사를 하고 난 뒤에 자신의 군막으로 돌아와 잠시 쉬고 있던 가토는 우군 총사령관 모리가 중요 지휘관 회의를 소집했다는 소식을 접하고 즉시 사령관 모리의 군막으로 향했다.

"어서 오시오, 가토 장군."

가토가 군막으로 들어서자, 모리가 자리에서 일어나 맞았다.

"이제 다들 오셨으니, 회의를 시작하겠습니다."

모리는 곁에 서 있던 부장에게 눈짓을 보냈다. 곧 위로 동그랗게 말려 있던 그림 한 장이 아래로 펼쳐졌다. 그림에는 이제 곧 공격할 황석산성이 제법 상세하게 그려져 있었다.

"이제 곧 우리가 공격하게 될 황석산성이외다. 아까 이곳에 당도할 때 모두 봤다시피 황석산성은 험한 산세를 가진 황석산의 정상 부근에 만들어진 천혜의 요새가 아닐 수 없습니다. 이 말은 곧 공격하는 입장에서는 죽을 맛이라는 말이 되겠지요."

모리가 펼쳐진 지도 속에 그려진 황석산성의 주요 시설을 지휘봉으로 하나하나 짚어가며 설명했다.

"황석산이 높고 험하다는 말은 자주 들었는데, 내 오늘 직접 눈으로 확인하고 보니 들었던 것보다 훨씬 더 험한 것 같습니다."

제6군 대장 조소카베가 혀를 차며 말했다.

"그렇습니다. 아마도 성을 공격할 때 제대로 계획을 세우지 않는다면 우리 측의 손실은 예상보다 훨씬 더 클지도 모르겠습니다."

조소카베에 이어 제3군 대장 구로다 또한 우려를 표하고 나섰다. 특히 구로다는 이전에 세웠던 황석산성 공략 계획을 전면 재수정하자고 모리에게 건의하고 나서기까지 했다.

"나도 구로다 장군의 의견에 공감합니다. 허나, 공격 목표인 황석산성이 산 정상 부근에 세워져 있으니 정면 공격 이외에는 달리 다른 방안이 없다고 봅니다. 첫날부터 아주 강하게 밀어붙여 조선 놈들의 기를 확실히 꺾어 놔야 합니다. 그래서 조선 놈들이 성을 지키겠다는 생각 자체를 포기하게 만들어야 승산이 있을 것입니다!"

가토가 두 눈을 부라리며 자신의 의견을 피력했다. 물론 가토 또한 황석산성 공략이 쉽지 않음은 이미 깨닫고 있었다. 그러나 그렇다고 달리 피할 방법 또한 없다는 것 역시 깨닫고 있었다.

만약 황석산성을 이전에 곽재우가 지키던 화왕산성처럼 공격을 포기하고 우회해서 곧장 육십령을 넘어 전주성으로 진격할 수 있었다. 하지만 만약 그랬다가는 황석산성에 진을 치고 있는 조선군 및 의병들에 의해 배후가 위험해질 것은 불을 보듯 뻔했다. 게다가 황석산성에 비축된 군량미 또한 반드시 확보해야만 했다.

사실상 경상도와 전라도의 정유재란 전쟁을 총지휘하고 있던 사도체찰사 이원익은 재침한 왜군을 상대할 기본 전략으로 청야수성(淸野守城)을 택하고, 이를 충실히 시행했다. 즉, 들판과 마을의 모든 인적 자원과 물적 자원을 깨끗이 비우고, 그 인적, 물적 자원을 인근 산성으로 집결 시켜 왜군을 상대한다는 매우 단순하지만, 위력적인 전략이었다. 이런 전략 덕분에 왜군은 현지에서 식량을 조달하려던 당초 계획에 매우 심대한 지장을 받고 있는 중이었다.

출발 당시부터 본국으로부터의 군량미 지원을 거의 받지 못한 왜군 우군 지휘부로서는 함양을 포함한 인근 고을에서 긁어모은 식량이 황석산성에 비축되어 있는 까닭에 공격을 포기할 수 없는 입장이었다.

7만이 넘는 대군이 소모하는 군량은 실로 엄청났다. 자고로 전쟁에서 굶주린 병사는 제대로 싸울 수 없는 법이었다. 더군다나 왜군 우군은 황석산성을 점령하고 나서도 육십령을 넘어 전주성까지 행군해야 했다.

군량이 부족한 상황에서 배를 곯아가며 행군하여 전주성을 공격할 수는 없었다. 덕분에 왜군 우군에게 선택지는 단 하나뿐이었다. 바로 황석산성을 공격하여 점령하는 것. 그래서 성 내부의 군량을 전부 차지하는 것. 평지에 있는 성을 점령하기도 쉽지 않은 법인데, 험준한 산 정상에 있는 산성을 공략하는 일은 더욱더 어려운 법이라는 것을 가토는 오랜 전쟁 경험을 통해 잘 알고 있었다. 해서 가토는 수성(守城)의 핵심인 수비군의 사기를 흩트려 놓아야 이후 공격이 수월하리라 판단하고 있었다. 바로 공포전략, 즉 조선인들 사이에 공포를 퍼트려 스스로 무너지게끔 하자는 것이었다.

"딴은 가토 장군의 말에 일리가 있습니다. 제가 수하를 시켜 입수한 정보에 의하면 지금 산성을 지키고 있는 군사는 실상 군사가 아니라 인근 백성들이 대부분이라고 합니다. 그 때문에 가토 장군의 말처럼 첫날부터 거세게 밀어붙인다면 조선 놈들은 아마도 지레 겁을 집어먹고 싸울 생각 자체를 못 하게 될 것입니다. 그렇게 된다면 산성공략은 한결 수월해질 테지요."

묵묵히 다른 왜군 장수들의 의견을 경청하고 있던 제4군 대장 나베시마가 가토의 의견에 공감을 표했다.

"좋습니다. 황석산성이 비록 황석산이라는 험준한 산세에 의지해 쌓은 성이라고는 하나, 공략 못 할 정도의 산성은 아니라는 것이 본인의 판단입니다. 해서 내일은 군사들을 충분히 먹이고, 쉬게 한 다음 그다음 날 이른 아침에 공격하는 것으로 하겠습니다."

모리가 좌중을 둘러보며 말했다. 가토를 비롯한 다른 왜군 대장들 모두 동의를 표했다. 이에 모리는 왜군 우군 각 군에 공격 목표를 할당했다.

"일단 가토 장군께서는 제2군을 이끌고 성의 남쪽을 맡아 공격해 주십시오. 여기 지도를 보면 이쪽 남쪽 성문이 그나마 공격하기가 용이합니다. 때문에 가토 장군께서 성의 남문만 최단 시간 내에 공격하여 점령해 준다면 성의 공략은 어쩌면 단시간 내에 끝이 날 수도 있을 것입니다."

"좋습니다, 모리 장군."

가토는 모리 장군의 제의를 즉각 수락했다.

"그리고 서문은 나베시마 장군께서 조소카베 장군과 함께 제8군 1만 및 제6군을 이끌고 공격해 주시고, 성의 동쪽과 북쪽은 구로다 장군이 제3군을 이끌고 공격해 주십시오."

모리는 지도를 짚어가며 보다 세부적인 공격 계획을 각 왜군 장수들에게 전달했다.

"명심할 것은 우리 우군의 1차 목표는 남원성을 돌아 북상하는 좌군과 합세해서 전주성을 점령하는 것입니다. 따라서 황석산성을 점령하고 난 뒤에 육십령 고개를 넘었을 때 우리의 병력은 온전해야 한다는 것입니다. 물론 쉽지 않을 것입니다. 이번 정유년 전쟁의 승패는 어쩌면 이번 황석산성 공략에 있을지도 모르겠다는 것이 본인의 생각입니다. 각 장군께서는 이 점을 명심하고 각자의 진영으로 돌아가 전투 준비에 만전을 기해주시기 바랍니다."

모리의 당부에 여타 다른 왜장들은 별다른 말 없이 자리에 일어나 각자의 진영으로 돌아갔다.

황석산성 내에 세워진 조선군 본영에서는 수성장인 안음현감 곽준의 주재하에 대책 회의가 한창이었다. 회의 분위기는 매우 무거웠다. 오늘 오후 늦게 성 아래에 도착한 6만3천 명에 달하는 왜군 우군의 대군을 직접 목격한 때문이었다. 이전까지는 말로만 들었던 탓에 그다지 실감이 나지 않았던 것이 사실이었다. 허나 다들 직접 눈으로 확인하고 나니, 왜군의 그 위세가 대단함을 새삼 실감하고 있는 중이었다.

"다들 봐서 알겠지만 6만이 넘는 왜군이 지금 성 아래 골짜기마다 진을 치고 있소이다. 저와 같은 대규모 왜군을 맞아 싸우는 것이 결코 쉽다고는 하지 않을 것입니다. 허나 분명한 것은 이곳 황석산성은 수만에 달하는 왜군이 공격한다고 해도 쉬이 점령하기 어려울 만큼 험하다는 것입니다. 본관은 여기 계시는 조 군수님과 3년 전부터 오늘의 전투를 위해서 황석산성에 무기와 식량을 비축하여 왔소이다. 해서 성에 모여든 7천 군민이 일치단결하여 싸워만 준다면 저 무도한 왜군을 물리치는 것이 불가능하지만은 않다는 것이 본인의 판단입니다."

풍전등화와 같은 처지에 처한 황석산성의 수비를 총 책임지는 수성장이라는 무거운 책무를 짊어진 곽준의 표정과 목소리는 비장했다. 또한 함께 모인 전 함양군수 조종도, 김해부사(金海府使) 백사림(白士霖), 의병장인 거창좌수(居昌座首) 유명개(劉名蓋) 등의 조선군 주요 지휘관 얼굴 표정 또한 비장하기 이를 데 없었다. 모두 밖으로 표현은 하지 않고 있었지만 이미 죽음을 각오하고 있는 중이었다.

"지금 현재 산 아래 왜군의 동태를 봐서는 당장 내일 공격에 나설 것 같지는 않아 보입니다. 본관의 생각으로는 내일모레 아침 무렵에 공격이 시작될 것 같소이다."

"소장의 생각 또한 안 현감과 같소이다. 꽤나 오래 행군을 해온 터라 지친 군사들을 충분히 쉬게 할 필요가 있을 테지요."

곽준의 의견에 조종도가 동의하며 말했다.

"때문에 우리에게는 하루라는 시간이 있다고 봐야 할 것입니다. 이 하루를 최대한 활용해 왜군의 공격에 대비해야 할 것입니다."

다시 한번 곽준이 좌중을 둘러보며 힘주어 말했다. 조종도를 제외한 다른 지휘관들이 고개를 끄덕이며 곽준과 생각이 같음을 표했다.

"그러기 전에 먼저 본관은 주전장(主戰將)을 뽑아야 한다 여깁니다. 비록 본관이 이곳 성주의 책무를 지고 있기는 하나, 본시 출신이 문관이라 아무래도 전투에 능하다 할 수 없을 것입니다. 해서 본관은 여기 계시는 백 부사를 이번 전투의 주전장으로 뽑는 것이 좋겠다고 여깁니다. 다들 생각이 어떠신지요?"

"직위나 무인으로서의 그간 전공으로 볼 때 합당하다 여깁니다."

조종도가 곽준의 의견을 지지했고, 나머지 또한 별다른 이견이 없었다. 곧 조정의 명을 받고 50인의 관병과 식솔을 이끌고 황석산성으로 들어온 김해부사 백사림이 이번 전투의 주전장으로 임명되었다.

"신명을 다해 여러분들의 성원에 보답하도록 하겠습니다."

백사림은 자리에서 일어나 간단하게 인사를 한 다음에 지휘관과 군사들과 의병들을 성의 주요 거점에 배치하기 시작했다.

"일단 곽 현감께서 군사 및 백성 2천을 데리고 남문을 맡아주십시오."

"네, 그러하지요."

"아마도 남문이 가장 공략하기 용이한 탓에 적의 주력이 집중될 것입니다. 힘든 싸움이 될 것입니다."

"반드시 남문을 지켜내겠습니다."

곽준이 부여받은 임무를 반드시 완수하겠노라 힘주어 말했다.

"그리고 조 군수님께서는 군사와 백성 2천을 데리고 서문을 맡아주시기 바랍니다."

"알겠소이다, 백 부사. 내 단 한 놈의 왜적도 성안으로 들이지 않겠소이다."

성의 서문 수비를 맡게 된 조종도 또한 굳은 결의를 내보였다.

"그리고 좌수님께서는 군무장(軍務將)을 맡아주셔야겠습니다.

따로 군사와 백성 1천을 내어 드릴 테니, 무기고와 군창(軍倉)을 관장하고 병력 지원과 부상병 치료 그리고 성 내부의 연락을 책임져 주셔야겠습니다."

마지막으로 백사림은 의병장인 유명개에게 군무장의 직무를 맡겨, 성내 지원과 연락의 책임을 맡도록 했다.

"본인에게 과분한 직무이나, 내 목숨을 걸고 수행토록 하겠소이다."

유명개 또한 굳은 표정을 지어 보이며 맡은 바 소임을 다할 것을 다짐했다.

"소장은 나머지 군사와 백성 2천을 데리고 동문과 북문을 사수토록 하겠습니다."

백사림은 산 정상 부근으로 연결된 성의 동쪽과 북쪽 수비를 맡았다. 비록 산 정상을 따라 축조된 탓에 오르기가 가장 까다로운 곳인 성의 동쪽과 북쪽 성벽이기는 하지만 그 범위가 넓어 병사와 백성 2천으로 지키기에는 병력이 크게 모자랐다.

"다들 잘 알다시피 지금 성 아래에 몰려와 있는 왜군의 수는 무려 6만이 넘습니다. 우리의 거의 10배에 달하는 군세입니다. 거기에다 얼마 전 본대에서 이탈하여 고령성으로 향하고 있는 왜군 1만2천 명이 언제 본대와 합류하여 공격해 올지는 아무도 모를 일입니다. 힘들고 어려울 겁니다. 어쩌면 모두 죽을 수도 있음입니다. 허나 우리가 저들을 잡고 있는 만큼 전주성의 방비는 더욱 더 굳건해질 것입니다. 싸우고 또 싸워야 할 것입니다. 최후에 남은 1인이 적의 칼에 쓰러지더라도 말입니다."

이번 전투의 주전장(主戰將)답게 백사림은 사뭇 비장한 어조로 결의를 다지며 말했다. 이어 백사림은 군무장을 맡은 유명개에게 성내의 무기 현황과 식량 현황을 조사해 보고토록 지시했다. 무인 출신답게 무기와 식량의 현황 파악이 시급하다고 여긴 탓이다.

"내일 날이 밝는 대로 시행토록 하겠소이다."

유명개가 예를 표하며 말했다. 또한 백사림은 내일 동이 트는 대로 각각 군사와 백성을 점고토록 각 지휘관에게 지시했다.

"이제 각 진영으로 돌아가 곧 있을 전투에 만전을 기해 주시기 바랍니다."

백사림이 회의를 파하자, 참석했던 이들은 하나둘씩 각자의 진영으로 향했다.

"군수님!"

자신이 방어 책임을 맡은 서문을 향해 성내를 거슬러 올라가고 있을 때, 누군가 자신을 부르는 소리에 조종도는 걸음을 멈추고 뒤를 돌아다 봤다. 부른 이는 곽준이었다.

"곽 현감, 무슨 일인가?"

조종도가 뒤를 돌아보며 말했다.

"긴히 드릴 말씀이 있사옵니다."

"내게 말인가?"

"그러하옵니다."

"말해 보시게."

조종도의 말에 곽준이 주위를 살폈다. 그것을 보고 있던 조종도는 의아해했다. 자신과 곽준 사이에 나눌 비밀스런운 대화는 없다 여긴 때문이다.

"백 부사 말입니다."

"백 부사가 왜?"

"비록 제가 백 부사를 전투장(戰鬪將)에 천거하기는 하였으나, 좀 께름칙한 것이 있어서 말입니다."

곽준이 조심스럽게 말했다.

"혹 며칠 전 일 때문에 그러는 겐가?"

"네, 군수님."

"흠……."

조정의 명을 받고 출전장(出戰將)으로서 자신의 두 첩과 모친 그리고 관군 50명을 이끌고 황석산성 수비군에 합류하게 된 김해 부사 백사림은 황석산성에 오르기 전에 안음현의 현청에서 있었던 주요 지휘관 회의에서 다소 경우에 벗어난 발언을 해서 빈축을 산 일이 있었다.

백사림의 발언이 문제가 된 것은 1597년 8월 10일, 당시 안음 현감 곽준은 왜군 우군 본대가 황석산성을 향해 접근 중이라는 소식을 접하고서 안음현의 현청에 모여 있던 조선군 주요 지휘관 회의를 긴급 소집한 때였다.

"수만에 달하는 왜군이 이곳으로 향해 접근 중이라고 하니, 속히 대책을 마련해야 할 것이외다."

"곽 현감, 과연 왜적들이 험준하기 짝이 없는 황석산성으로 몰려오겠소이까? 난 그리 생각하지 않아요. 만약 왜적이 성의 험함을 보고 오지 않는다면 성을 쌓은 공은 우리가 차지할 것이고, 또한 소수의 적이 온다면 성 중에서 편안하게 앉아서 물리쳐 역시 상을 받을 것이외다."

당시 옆에서 백사림의 말을 듣고 있던 의병장 거창좌수 유명개가 발끈하고 일어나 일갈했다.

“임진년 때 이 통제사와 곽재우 장군이 병력의 열세에도 불구하고 왜적과 싸워 이긴 것은 준비가 철저하였기 때문 아니겠소이까! 우리 또한 지난 3년간 왜적의 재침에 대비하여 성벽을 보수하고 군량을 쌓고 병기를 정비하고 군사를 훈련시켜 왔소이다! 그런 마당에 백 부사께서는 어찌 그런 망발을 입에 담을 수 있소이까! 오로지 필사의 각오만이 이 성을 지키고 적을 이길 수 있음입니다!”

또한 곁에서 듣고 있던 곽준 또한 백사림의 선부른 발언을 꾸짖었다.

“인근 일곱 고을 수만 백성들의 생사가 이번 싸움에 달려 있소이다! 또한 전주성의 안위도 마찬가지이구요! 이런 중차대한 싸움을 앞두고 어찌 조정의 명을 받고 출전한 백 부사께서 적을 과소평가하며 요행을 바란단 말이오니까! 참으로 안타깝소이다!”

유명개와 곽준으로부터 호된 질책을 당한 백사림은 자신의 경솔한 언행을 사과하며 앞으로 주의하겠다 다짐했었다.

조종도 또한 당시 백사림의 발언을 듣고 화가 치밀기는 했었다. 그러나 백사림은 엄연히 임금의 출전명을 받고 출전한 무장이었다. 그런 백사림을 경솔한 언행을 문제 삼아 몰아붙이는 것은 다소 과하다고 여겨 더 이상 문제 삼지는 않았었다.

“군수님, 언행이 경솔한 자가 어찌 행동도 경솔하지 않을 수 있겠습니까. 당시 호된 질책에 다소 겸손해지기는 했으나, 소관은 마음을 놓지 못하겠습니다.”

곽준은 속에 담고 있는 속내를 조종도에게 솔직히 털어놓았다.

“내 알기로 백 부사는 임진년 전쟁 당시에 여러 장수 밑에서 상당한 활약을 한 무장으로 알고 있소이다. 특히 주상전하께서 친히 출진을 명한 장수가 아니오니까. 만약 우리가 백 부사를 홀대한다면 이는 주상전하를 능멸할 수도 있음이에요. 허니 적이 코앞에 다가와 있는 마당이니, 백 부사를 믿어 주는 것도 좋겠지요."

조종도는 곽준을 달랬다. 곽준은 조종도의 말을 듣고 조용히 머리를 숙였다.

"소관의 경솔함을 이리 깨우쳐 주시니, 몸 둘 바를 모르겠습니다."

"아니오. 나 또한 께름칙한 것은 사실이외다. 해서 나 또한 백 부사를 예의 주시하고 있겠소이다."

조종도는 곽준을 다독였다. 비록 문관 출신이지만 곽준은 훌륭한 장수라 생각하고 있던 조종도였다. 하지만 적 앞에서 아군이 분열하는 것만큼 어리석은 짓도 없다 여겼다. 해서 일단 봉합을 하는 것이 우선이라 여긴 것이다.

백사림의 사람 됨됨이보다야, 곽준의 사람 됨됨이가 더 나아 그에게 참고 넘기라 우회적으로 타이르고 있는 것이다. 곽준은 평소부터 흠모하던 조종도에게서 가르침을 받았다고 여기고 다시 한 번 더 예를 표한 후에, 곧장 자신의 수비 구역인 남문으로 발길을 돌렸다.

'왜 내가 곽 현감의 의중을 모르겠소이까. 허나 지금 우리에게는 문관보다는 무장이 필요하오이다. 아마도 곽 현감께서도 그 점을 깊이 깨닫고 계시기에 그를 주전장으로 임명했겠지요.'

조종도는 그 자리에 서서 어둠 속으로 사라지는 곽준을 한참을 바라보고 섰다가, 자신 역시 수비 구역인 서문을 향해 발길을 돌렸다.

해가 동녘에서 떠오르기 직전이었다. 1597년 8월 14일 이른 아침, 왜군 우군의 각 부대는 지정된 공격 목표를 향해 일제히 진격하기 시작했다. 왜군 우군 주둔지 전체에서 둔중하고도 장엄한 북소리가 연신 울려대기 시작했다. 숲 속에서 밤을 보낸 뭍짐승들이 갑자기 울리는 북소리에 놀라 깊은 산속으로 미친 듯이 달렸고, 나뭇가지에 앉아 날아오를 채비를 하고 있던 크고 작은 새들이 화들짝 놀라며 일제히 하늘 높이 솟구쳐 올랐다.

"진군하라!"

왜군 우군의 각 군을 통솔하고 있던 장수들이 일제히 진군을 알렸다. 곧 6만이 넘는 왜군이 일제히 움직이기 시작했다.

"와아!"

황석산성을 지키는 조선인들의 예기를 꺾기 위해서 왜군들은 일제히 함성을 내지르며 앞으로 나아갔고, 그런 왜군들이 땅을 밟을 때마다 뽀얀 흙먼지가 피어올라 아침 해를 가렸다.

"가자!"

가토는 제2군을 이끌고 공격 목표인 성의 남문을 향해 타고 있던 말의 박차를 가해 빠르게 앞으로 나아갔다. 그 뒤로 가토 기요마사의 부대를 알리는 각종 깃발과 1만에 달하는 왜군들이 뒤따랐다.

"어서 올라가라!"

그러나 험한 황석산은 왜군의 접근을 쉽게 허용하지 않았다. 산의 중턱에 도달하기도 전에 왜군들의 입에서는 단내가 피어오르고 있었다. 산을 오르던 일부 왜군들은 걸음을 멈추고 허리에 찬 물병을 풀어내 마개를 열고 물을 연신 입속으로 쏟아부어 댔다.

"뭣들 하는 것이냐! 빨리 오르란 말이다!"

가토는 산을 오르는 속도가 현저히 저하된 부하들을 다그쳤다. 그러나 한번 지친 왜군들의 이동 속도는 더 늦어지기만 할 뿐 좀체 빨라지지 않고 있었다. 예상치 못한 장애물에 가토는 속이 바짝 탔다. 그가 타고 있던 말 역시 가파른 경사를 힘에 겨워하며 숨을 헐떡였다.

"속도가 느리다! 어서 올라!"

남문을 공격하기 위한 위치에 도달하려면 아직 멀었지만, 왜군들은 이미 지칠 대로 지쳐 있었다. 가토의 목소리가 대번 높고 날카로워졌다.

"장군! 휴식을 취해야 합니다! 군사들이 몹시 지쳐 있습니다!"

곁에 있던 기하치로가 가토에게 휴식을 건의했다.

"무슨 소리냐! 해가 떨어지기 전에 지정된 곳까지 올라야 한다. 그렇지 않으면 이 험준한 계곡에서 밤을 보내야 한단 말이다!"

가토는 부하들의 휴식을 주장하는 기하치로의 건의를 받아들이지 않고 단숨에 묵살해버렸다. 위험했다. 가토의 부대는 산을 오르느라 종으로 길게 늘어져 있는 형국이었다. 때문에 조선군의 기습에 매우 취약했다. 가토는 그 점을 걱정하고 있었다.

"이제 얼마 남지 않았다! 힘을 내라! 힘을!"

가토는 혼자 동분서주하며 부하들을 독려했다. 그러나 가토의 부대가 목표한 지점에 도달한 것은 정오를 훨씬 넘긴 뒤였다. 예정보다 세 시간이 더 걸려 목표 지점에 도달한 것이다.

"일단 군사들에게 주먹밥을 배식하고 쉬게 하라! 그런 뒤에 공격을 개시하겠다!"

"장군! 군사들이 매우 지쳐 있사옵니다! 예서 진을 구축하고 밤을 보낸 다음에 내일 아침 일찍 공격에 나서는 것이 어떠할는지요? 더군다나 다른 군이 공격 위치에 도달했는지도 알아봐야 하지 않겠습니까."

가토의 명령이 다소 무리라고 판단한 기하치로가 공격의 연기를 건의했다.

"시끄럽다! 시간은 결코 우리 편이 아니란 말이다! 알겠느냐!"

가토는 다시 한 번 자신의 제일가는 부하 장수인 기하치로의 건의를 묵살했다. 사실 가토는 황석산성을 최대한 빨리 점령하고 한시바삐 전주성으로 진격하고 싶어 했다. 자신의 호적수이자 경쟁자인 고니시가 홀로 전주성을 점령하는 공을 세우는 것을 결코 보고 있을 수 없었기 때문이었다. 적어도 고니시보다 먼저 전주성에 당도하고 싶은 것이 가토의 솔직한 심정이었다.

"안 되겠다!"

성을 빨리 공격해 점령하고 싶은 욕심에 가토는 부하 몇을 데리고 말을 타고 산을 올라 성의 남문이 보이는 곳까지 단숨에 올라갔다. 멀리 황석산성의 남문이 또렷이 보였다.

'저기가 바로 남문이란 말이지.'

가까이 다가가 바라보니, 황석산성은 분명 지금까지 보아온 조선의 성에 견줘 볼 때 그 견고함이 현저히 떨어져 보였다. 제대로 공략하면 무너뜨리는 것은 어려워 보이지 않았다. 다만 성벽에 다다르는 길이 문제였다. 가파른 것은 둘째치고 당장 높이 뻗은 잡목 따위가 하늘을 가리고 있어서 성벽이 제대로 보이지 않고 있었다. 만약 성벽에서 쏟아대는 화살이나 돌 따위가 쏟아져 내린다면 나뭇잎에 가려 피할 시간적 여유가 없을 듯했다. 고약했다. 산세의 험준함에 가토는 미간을 찌푸렸다.

"공격!"

한 시진 정도의 휴식을 취한 가토의 부대 1진이 일제히 성벽을 향해 함성을 내지르며 올라가기 시작했다. 그러나 말이 올라가는 것이지 실상은 네 발로 기어오르는 형편이었다. 손에 든 칼과 조총 따위가 온통 흙투성이가 되었다. 일부는 오르다가 다시 밑으로 굴러떨어지기를 반복하고 있기도 했다.

"빨리 올라가!"

왜군 장수들이 부하들을 손으로 때리고 발로 차고 있었지만 산 정상 부근에 위치한 성벽을 향해 오르는 왜군들의 움직임은 들판을 기어가는 굼벵이처럼 느리기만 했다.

'이러다가 전멸을 면키 어렵다!'

가토의 뒤에서 힘겹게 성벽을 기어오르는 부하들을 바라보고 있던 기하치로의 머릿속에서는 이번 전투의 승패가 불길할 정도로 선명히 그려지고 있었다.

"왜군이다! 왜군이 몰려온다!"

성의 망루에 올라 주변을 살피고 있던 군사가 힘껏 소리쳤다. 남문에서 전투 준비를 점검하고 있던 곽준은 서둘러 성벽 앞으로 나아갔다. 수풀에 가려 자세히 보이지는 않았지만 엄청난 수의 왜군들이 일제히 남문을 향해 오르고 있는 것이 또렷이 보였다.

"사수 앞으로!"

푸른 빛 두정갑을 입은 곽준이 차고 있던 칼을 뽑아 들고 외쳤다. 곧 활을 든 군사들과 백성들이 일제히 성벽 앞으로 나아가 화살을 시위에 걸고 잡아당겼다.

"명이 있을 때까지 함부로 쏘지 마라!"

곽준이 좌우를 번갈아 바라보며 외쳤다. 곽준은 최대한 많은 수의 왜군들이 사정거리에 들어올 때까지 기다렸다. 화살을 시위에 걸고 있던 이들의 팔이 심하게 떨렸다. 곽준은 쉬이 발사 명령을 내리지 않았다. 안타깝게도 성내에는 비축된 화살이 태부족했기 때문이었다. 언제 전투가 끝날지 기약이 없었기에 최대한 아껴야만 했다.

"쏴라!"

드디어 왜군이 충분히 사정거리에 들어왔다고 생각한 곽준이 발사 명령을 내렸다. 곧 수백 발의 화살이 포물선을 그리며 일제히 허공을 향해 치솟았다가 그대로 아래로 떨어져 내렸다. 중력의 영향으로 낙하 속도가 한결 빨라진 화살들이 섬뜩한 비행음을 남기며 무성한 나뭇잎들을 꿰뚫은 다음 그대로 왜군들을 향해 떨어져 내렸다.

"으악!"

화살의 비행음이 멈추면서 성벽 아래에서 왜군의 비명이 쏘아낸 화살의 개수만큼 울렸다.

"피하라!"

하늘을 가린 나무들로 인해 시야를 차단당하고 있던 왜군들은 나뭇가지를 뚫고 갑작스레 날아든 화살에 맥없이 쓰러져 갔고, 쓰러진 왜군은 그대로 경사를 따라 아래로 굴러 떨어져 내리며 동료들을 이리저리 쳐댔다. 덕분에 왜군 다수가 굴러 떨어지는 동료에 맞아 아래로 함께 굴러 떨어져 내렸다.

"발사!"

곽준이 다시 발사를 명했다. 다시 한 번 남쪽 성벽에 도열해 있던 사수들이 일제히 화살을 날렸고, 화살들은 겨우 성벽 아래에 당도한 왜군들을 단숨에 쓸어 버렸다. 곽준은 사수들에게 자유 발사를 명하고는 이번에는 비장의 무기를 준비시켰다. 바로 비격진천뢰였다.

"비격진천뢰를 던져라!"

곽준의 명에 따라 군사와 백성들이 성벽에 쌓여 있던 비격진천뢰의 심지에 불을 붙여 성벽 아래로 맹렬하게 던졌다. 일종의 시한폭탄인 비격진천뢰 수십 발이 어렵사리 산을 오르던 왜군들 사이로 굴러갔다. 그러다가 심지가 내부의 뇌관을 격발시키자, 거대한 폭발과 함께 내부에 들어 있던 파편 수십 개가 강력한 폭풍과 함께 왜군을 덮쳤다.

콰쾅!

강한 폭풍과 함께 날아든 비격진천뢰의 파편은 왜군의 얼굴, 몸, 다리, 팔을 가리지 않고 자르고 찌르고 또 찢어 놨다. 폭발음이 사라지기 무섭게 주변에는 왜군들의 비명으로 가득했다. 상상을 초월하는 비격진천뢰의 위력에 놀란 왜군 일부가 슬금슬금 뒤로 도망치고 있었다. 그러나 그런 왜군의 후퇴를 가토를 비롯한 현장 지휘관들은 허락하지 않았다.

"후퇴하는 놈들은 모두 죽여라!"

보다 못한 가토가 두 눈을 부라리며 소리쳤다. 곧 무기를 버리고 후퇴를 하던 몇몇 왜군의 목이 산자락을 타고 아래로 데구루루 굴러 떨어져 내렸다. 그것을 본 왜군들은 겁을 집어먹고 다시 성벽을 향해 기어오르기 시작했다.

"왜군이 성벽을 오른다!"

드디어 강력한 공격을 뚫고 상당한 수의 왜군들이 성벽 아래에 당도해 성벽을 오르기 위한 사다리를 걸치기 위해서 안간힘을 쓰고 있었다. 그것을 보고 있던 곽준은 이번에는 사다리를 걸치고 기어오르는 왜군을 향해 돌을 굴릴 것을 명했다.

"이야!"

곧 수백 개의 사람 머리통만한 돌멩이들이 성벽을 기어오르려고 안간힘을 쓰고 있는 왜군을 노리고 떨어져 내렸다.

퍽!

여기저기서 둔탁한 소리와 함께 왜군들이 맥없이 사다리에서 떨어져 내렸다.

"나무를 모조리 잘라라!"

예상외로 강력한 조선군의 방어에 당황한 가토는 성벽을 오르는 부하들을 엄호하기 위해서 조총 사격이 필요하다고 여기고 시야를 가리는 나무를 모조리 베어 버릴 것을 명했다. 뒤에서 대기 중이다가 명을 받은 2진 군사들이 성벽 아래에 넓게 자라고 있던 잡목과 잡풀 따위를 모조리 베어 버렸다. 덕분에 하늘이 보이면서 성벽이 또렷이 보였다. 곧 수백에 달하는 왜군 조총수들이 나뭇가지를 잘라 만든 사람 키 높이 정도 되는 방패를 손에 든 동료 왜군

뒤쪽에 자리를 잡고 성벽을 향해 일제 사격을 가하기 시작했다.

빠빠빵!

일렬로 늘어선 왜군이 발사한 조총탄이 희뿌연 화약 연기와 요란한 총성을 뚫고 날아가 성벽 위의 조선군과 백성들을 위협했다. 곧 성벽 위에서 화살을 날리던 이들 중에서 조총탄에 맞거나 다치는 이들이 속출했다. 하여 더 이상 성벽 위에서 화살과 비격진천뢰 그리고 돌멩이도 마음 놓고 쏘고 던질 수 없는 지경이 되었다.

"하하하! 됐다!"

가토는 조선군의 저항이 현저히 약화되자 속으로 쾌재를 불렀다. 말을 몰아 좀 더 위쪽으로 올라갔다.

"장군! 위험합니다!"

주위에 있던 장수들이 그런 가토를 극구 만류했다.

"위험하기는 뭐가 위험해! 저길 봐! 군사들이 목숨을 걸고 성벽을 오르고 있어! 한데 장수 된 자가 뒤에서 구경만 한단 말이냐!"

가토는 공격 목표가 좀 더 잘 바라다보이는 곳까지 올라갔다.

"공격에 더욱 박차를 가해! 오늘 저녁에는 저 남문에 내 깃발을 꽂을 것이야!"

가토가 차고 있던 칼을 뽑아 들고 공격을 독려했다.

"사또! 저길 보십시오!"

남문에서 수비를 지휘하고 있던 곽준에게 군관이 성벽 아래 어떤 곳을 가리키며 외쳤다. 곽준이 시선을 옮겨 군관이 가리키는 곳을 바라보니, 화려한 갑옷을 입은 한 무리의 왜군들이 말을 탄 채 옹기종기 모여 있는 게 눈에 들어왔다. 곽준은 왜군 장수들이 착용하고 있는 갑옷의 화려함을 볼 때 이번 공격을 지휘하고 있는 지휘부가 분명하다고 판단했다.

"가서 항왜(降倭)를 데리고 와라!"

곽준은 왜장들의 신분을 확인할 필요가 있다고 여기고, 지난 임진년에 스스로 투항하여 조선군에 몸을 담고 있는 왜군 중 하나를 데려오도록 지시했다. 곧 군관이 항왜 중 하나를 대동하고 돌아왔다.

"누군지 알아보겠느냐?"

곽준이 항왜에게 물었다.

"그러하옵니다."

"누구더냐?"

"다른 이들은 모르겠고 가장 화려한 갑옷을 입고 있는 자는 바로 가토 기요마사입니다!"

"가토 기요마사? 그렇다면 가등청정이라는 말이더냐!"

"그렇습니다. 틀림없습니다."

데려온 항왜는 지난 임진년 전쟁 때 가토 밑에서 싸운 적이 있어 그를 알아볼 수 있노라 자신했다.

"내 활을 가져오너라!"

성벽 아래에 나타난 이가 가토 기요마사라는 것을 확인한 이상, 곽준은 가토를 결국 살려 돌려보낼 수 없다고 여겼다.

"여기 있습니다."

곽준은 전통에서 화살 3대를 꺼내 활시위에 먹였다.

'이놈 가등청정! 네놈이 유린한 조선 백성들의 피와 눈물 그리고 분노다!'

곽준은 이를 악물고 활시위를 있는 힘껏 당겼다. 곧 활이 동근 원을 그리며 뒤로 한껏 휘어졌다. 곽준은 시위에 먹인 3대의 화살 끝을 모두 가토에게 맞춰 겨눴다. 곧 가토의 화려한 투구가 한껏 크게 그려져 눈 속으로 쏟아져 들어왔다.

퉁!

조준을 마친 곽준은 시위를 잡고 있는 손가락을 놓았다. 동시에 화살 3대가 그대로 왜장이 모여 있는 곳을 향해 날아갔다. 순간, 포물선을 그리며 날아간 화살이 목표와 합쳐졌다고 느껴지는 순간, 별안간 왜장이 타고 있던 말이 공중으로 껑충 뛰었고, 그와 동시에 말 위에 타고 있던 왜장이 뒤로 벌렁 자빠지며 땅바닥으로 떨어져 내렸다.

곽준은 빙긋 웃었다. 비록 가까이서 보지는 못했으나, 자신이 쏜 화살이 왜장을 맞췄다는 것을 확신했기 때문이었다.

"사또가 가등청정을 죽였다!"

그 모습을 지켜보고 있던 군관 하나가 환호성을 올리며 외쳤다. 곧 그 환호성은 메아리처럼 성벽과 성벽을 넘어 온 성안으로 퍼져 나갔다.

"가등청정이 죽었다!"

"와아!"

"장군! 괜찮으십니까!"

난데없이 날아든 화살에 맞은 가토가 말에서 떨어져 땅바닥에 처박히는 것을 본 기하치로가 깜짝 놀라며 말에서 내려 급히 가토를 부축했다.

"으……!"

가토는 이미 의식이 없었다. 오른쪽 가슴에는 조선군의 화살 한 대가 깊숙이 박혀 있었다. 기하치로는 자신도 모르게 화살이 날아온 방향을 쳐다봤다. 아무리 가까이 다가갔다고 해도 화살이 닿을 수 있는 거리는 아니었다.

'대단한 놈이 있구나.'

언제 다시 화살이 날아올 줄 몰랐다. 기하치로는 급히 가토를 부축해 안전한 곳으로 피신했다.

"방패로 장군을 가려라! 어서!"

기하치로는 부상을 당한 가토를 보호하기 위해 안간힘을 썼다. 그런데 그때 성벽 위에서 힘찬 외침이 들려오고 있었다.

"가등청정이 죽었다!"

비록 조선말이었지만 기하치로는 그 외침이 가등청정이 화살에 맞아 죽었다는 뜻임을 어렵지 않게 알 수 있었다. 문제는 그런 조선군의 외침을 자신들의 부하 역시 알아차리고 있다는 것에 있었다. 갑자기 가토 부대 일대에 술렁임이 일었고, 급기야는 성벽을 오르고 있던 병력 일부가 슬금슬금 뒷걸음치고 있었다.

대장이 쓰러진 이상 용기를 내어 전투를 지속할 부하는 없었다. 상황이 불리하다고 여긴 기하치로는 즉시 전군 퇴각을 명했다. 조금 전까지 필사적으로 성벽을 오르려 하던 왜군들이 이제는 쏟아지는 화살과 돌멩이 따위를 피해 필사적으로 안전한 후방으로 앞다퉈 퇴각하고 있었다.

"가토 장군은 어디 있는가?"

가토 장군이 화살에 맞아 위태롭다는 소식을 들은 왜군 우군 총사령관 모리가 노심초사하며 가토의 군막 밖에서 서성이고 있던 기하치로에게 물었다.

"지금 의원이 진료 중입니다."

"그래 상태는 어떠한가?"

"아직 깨어나지 못하고 있는 상태입니다."

"뭣이!"

기하치로로부터 가토의 부상이 심각하다는 것을 들은 모리의 안색이 대번에 변했다. 비록 자신이 우군 총사령관을 맡고는 있었지만, 실질적인 우군 총사령관은 가토였다. 또한 가토는 우군의 상징적인 존재이기도 했다. 그런 가토가 개전 첫날부터 화살에 맞아 말에서 굴러떨어져 사경을 헤매는 신세가 되었으니, 모리로서는 이만저만 난감한 것이 아니었다. 소식을 들은 나머지 왜군 대장들도 가토의 군막 앞으로 속속 모여들었다.

"가토 장군의 상태가 생각보다 심각합니다."

모리가 왜군 대장들을 향해 가토의 현재 상태를 설명했다.

"이거 큰일이 아닙니까? 우군 선봉장이 적군의 화살에 맞아 저리되었으니, 우리 군의 사기 저하는 불을 보듯 뻔합니다."

나베시마가 벌써부터 가토의 공백을 염려하며 말했다.

"일단 장소를 옮겨 대책을 논의토록 합시다."

모리는 왜군 대장을 데리고 자신의 군막으로 돌아갔다.

"조선군의 저항이 예상외로 심합니다. 공격을 시작한 지 불과 한 시간 만에 죽거나 다친 병사가 무려 오백이 넘습니다."

동문과 북문 공략에 나섰던 제3군 대장 구로다가 자못 심각한 표정을 지으며 말했다.

"저 역시 사정은 비슷합니다. 생각보다 조선군의 저항이 거셉니다. 특히 성벽 위에서 아래로 내려다보며 쏘는 화살은 그 위력이 평지의 경우보다 더해서 속수무책 당할 수밖에 없었습니다. 거기다가 비격진천뢰 또한 위력적이구요."

서문 공략에 나섰던 조소카베 또한 조선군의 거센 공격에 혼쭐이 난 상태였다.

"아무튼, 오늘은 공격을 중단하고 일단은 군사들을 쉬게 합시다. 가토 장군이 저리되었으니, 군사들의 사기가 많이 저하되었을 테니 말입니다."

모리가 잔뜩 풀이 죽은 목소리로 말했다.

"이미 그렇게 했습니다. 가토 장군이 적의 화살에 맞아 거꾸러졌다는 소식이 삽시간에 퍼지는 바람에 퇴각 명령을 내리기도 전에 군사들이 지레 겁을 먹고 이미 뒤로 물러서고 있어서 어쩔 수 없었습니다."

조소카베와 함께 서문 공략에 나섰던 나베시마가 한숨을 내쉬며 말했다.

"정말 큰 일입니다. 가토 장군이 어서 의식을 차려야 할 텐데 말입니다."

모리는 가토 장군의 공백을 매우 걱정했다. 그리고 그런 것은 다른 왜군 대장들 또한 마찬가지였다. 그렇게 모리 장군 군막 내부에 모인 왜군 대장들의 시름은 밤이 깊어갈수록 더해만 갔다.

왜군이 공격을 멈추고 일제히 물러난 뒤에 소집된 조선군 지휘관 회의에서 최고의 화제는 역시 곽준이 가등청정을 활로 쏘아 맞혀 쓰러뜨린 사실이었다.

"곽 현감이 가등청정을 활로 쓰러트렸다는 것이 사실이요?"

조종도가 믿을 수 없다는 표정으로 물었다.

"그러하옵니다, 군수님."

"정말 대단하이! 대단해! 내 일찍이 곽 현감의 활 솜씨가 놀랍다는 사실은 익히 알고 있었지만, 오늘 가등청정을 그 먼 거리에서 쏘아 맞혔다는 소식을 접하고 보니, 신궁을 곁에 두고도 몰라봤었구려. 하하하."

"맞습니다! 오늘 왜적이 공격을 멈추고 일제히 물러선 데에는 곽 현감이 가등청정을 쏘아 자빠뜨린 것이 크게 작용했을 겁니다. 안 그렇습니까?"

조종도와 유명개가 앞다퉈 곽준을 칭찬했고, 곽준은 그런 칭찬이 부담스러워 얼굴을 붉히며 손을 내저었다.

"오늘 곽 현감의 활약으로 말미암아 왜군이 물러선 것은 사실입니다. 참으로 큰일을 해주셨습니다."

조종도와 유명개와는 다르게 백사림은 사뭇 차분한 어조로 곽준의 활약을 칭찬했다.

"과찬이십니다, 백 부사님."

곽준이 백사림에게 정중히 예를 표했다.

"비록 오늘 왜군이 물러섰다고는 하나 내일 또 몰려올 것은 자명한 일입니다. 우리는 마땅히 그에 대비해야 할 것입니다."

백사림이 정색을 하며 내일 있을 왜군의 공격에 대비해야 할 것을 강조했다. 덕분에 곽준의 활약을 화제 삼아 들떠 있던 내부 분위기가 금세 무겁게 가라앉았다.

"조금 전에 군무장을 통해 성내 무기 현황을 살펴봤습니다. 안타깝게도 이번 전투로 보유하고 있던 화살의 2할이 사라졌고, 비격진천뢰는 3할이 사라졌습니다. 다행히 투석을 위한 돌은 황석산에 널려 있어서 조달에 별문제가 없고 말입니다. 만약 내일 왜군이 하루 종일 공격해 온다면 참으로 난감한 상황에 처할 수도 있음입니다."

백사림이 담담하게 말했지만, 나머지 지휘관들의 표정은 어두웠다. 화살과 비격진천뢰가 없다면 성의 방어는 거의 불가능했다. 아무리 성이 험한 산세에 의지해 세워져 있어 성벽을 사람이 오르기 힘들다고 해도 오르는 것이 아예 불가능하지는 않았다.

일단 왜군이 성벽을 기어오르기 시작하면 이를 저지하기 위해서는 그에 걸맞은 무기가 필요했다. 만약 그러한 무기가 없다면 백병전을 벌여야만 했고, 일단 성벽 위에서 백병전이 일어나면 단병접전에 능한 왜군을 조선군이나 백성이 제압하기는 매우 힘들었다.

"어쩔 수 없는 노릇 아니겠소이까. 일단 화살은 최대한 아껴야 하니 사수들에게 일러 함부로 쏘지 않도록 조치토록 하겠소이다."

조종도가 백사림을 바라보며 말했다.

"당연히 그리해야겠지요. 내일은 더욱 힘들 것입니다. 왜군들은 오늘 물러섬을 만회하려 안간힘을 쓸 테죠. 더욱 악착같이 덤벼들 것입니다. 허니 지금 모두 돌아가 내일 있을 싸움에 대비해 주시기 바랍니다."

백사림은 몇 가지를 더 당부한 후에 회의를 파했다. 회의가 파하자, 지휘관들은 자리에서 일어나 각자 진영으로 흩어졌다.

'이번 싸움은 어차피 패배를 깔고 시작한 것이야. 이길 수 없다면 최소한 살아남아 후일을 도모해야 하지 않겠는가.'

어둠 속으로 멀어져가는 곽준, 조종도, 유명개 등을 바라보고 있던 백사림의 표정은 복잡했다. 한참을 그렇게 군막 앞에 서 있던 백사림은 곧 수하들과 함께 자신이 지키고 있는 북문을 향해 성내를 거슬러 올라갔다.

"쏴라!"

조종도가 서문을 향해 몰려드는 왜군을 향해 활을 쏠 것을 명했다. 노구에서 쏟아져 나간 거친 함성이 황석산을 때리며 왜군을 향해 울려 퍼져나갔고, 그 함성을 쫓아 수백 발의 화살이 일시에 성벽을 향해 다가서고 있던 왜군들을 노리고 날아갔다. 곧 포물선을 그리다 거의 수직으로 내리꽂히던 수백 개의 화살이 역시 수백 명의 왜군에게 달려들어 그들 대부분을 넘어뜨렸다.

성벽으로 이어지는 심한 산자락의 경사면을 느릿느릿 오르고 있던 왜군들은 성벽 위에서 쏟아지는 화살 공격에 거의 무방비로 노출되어 있었고, 그런 탓에 성벽 위에서 쏟아져 내리는 화살에 심각한 피해를 입고 있었다.

비명과 살려달라는 외침이 왜군들의 우렁찬 함성을 사정없이 갉아먹고 있었다. 공격을 개시한 지 1시간이 되기도 전에 벌써부터 성벽 아래에는 죽거나 다쳐 자빠진 왜군들이 수두룩했다. 설사 화살을 용케 피해 성벽 근처에 다다랐다고 해도 이번에는 비격진천뢰와 돌이 날아들어 성벽을 오르려는 왜군들의 사지를 찢고 또 찢어댔다.

1597년 8월 15일 치열했던 황석산성 전투의 두 번째 날은 해가 뜨기도 전인 새벽부터 그렇게 시작되고 있었다.

서문과 서쪽 성벽을 지키던 조선군과 백성들의 저항은 상상을 초월할 정도로 강력했다. 화살, 비격진천뢰는 물론이고 성벽에 솥을 걸어 놓고 끓인 뜨거운 물까지 성벽을 오르는 왜군을 저지하는데 사용되었다.

"물을 빨리 길어와!"

"여기 돌 좀 줘!"

전투가 점점 치열해지자, 성벽 곳곳에서 물과 돌이 떨어졌다는 아우성이 울려 퍼졌다.

"자, 어서!"

성벽 위로 물과 돌 그리고 나무토막 따위를 나르는 것은 아녀자들과 아이들의 몫이었다. 조종도의 처인 전의 이씨(全義 李氏) 또한 아녀자들과 함께 친히 돌을 나르고 물을 떠서 연신 성벽으로 나르고 있었다. 쉰이 훨씬 넘은 나이였지만 함께 돌과 물을 나르는 그 어떤 아녀자들보다 용감하게 성벽을 오르내렸다. 일부 아녀자들이 전의 이씨가 조종도의 처인 것을 알아보고 뒤로 빠져 있으라 했지만, 전의 이씨는 왜군의 검은 귀천을 가리지 않는다고 말하고는 다시 하던 일을 계속했다.

시간이 갈수록 성 안팎에서 들리는 장정들의 함성과 비명이 끝을 모르고 높아갔다. 수를 헤아릴 수 없는 부상자들이 동료의 부축을 받으며, 혹은 들것에 실려 성벽을 내려오고 있었다. 싸움은 치열했다. 때문에 성벽에서 소모되는 돌과 물의 양이 보충되는 양보다 훨씬 많았다. 아낙들과 아이들이 전투에 쓰일 돌을 캐고 깨느라 분주했다. 덕분에 성내에 있던 바위나 작은 언덕이 순식간에 사라져 갔다.

"마님! 어찌 그 큰 돌을 옮기시려 합니까요!"

행주치마를 메고 그 수를 헤아릴 수 없을 정도로 많은 아낙들과 함께 돌을 캐고 나르고 있던 전의 이씨를 알아 본 아낙 중 하나가 기겁을 하며 외치듯 말했다.

"괜찮네! 지금 성벽 위에서는 목숨을 걸고 싸우는 이들도 있네. 그런 이들에 비하면 이런 돌덩이를 드는 일쯤이야 뭐가 대순가!"

"마님!"

"됐네. 자, 어서 이 돌이나 나르세!"

전의 이씨는 아낙의 도움을 받아 커다란 돌을 땅에서 뽑아냈다. 힘겹게 돌을 뽑아낸 두 사람은 잠시 멈춰 서서 숨을 몰아쉬며 서로를 보며 빙긋 미소를 지어 보였다. 숨을 돌리는 동안 전의 이씨는 이마에 맺힌 땀을 닦으며 주변을 돌아봤다. 성벽에서 군사와 장정들이 왜군과 싸우느라 크고 작은 부상을 당하고 있었다면 성벽 아래에서는 아녀자들이 거의 맨손으로 돌을 캐거나 나무를 꺾어내느라 손이 찢어지고 손톱이 벗겨지는 등의 고통을 당하고 있는 중이었다.

"손을 이리 주게나."

전의 이씨는 맨손으로 함부로 돌을 캐다 손을 다친 한 아낙의 손을 자신의 치마를 찢어 단단히 감싸 매 줬다. 감싸 맨 천 위로 피가 금세 벌겋게 배어 나왔다. 전의 이씨는 지혈을 위해 천을 더욱 단단히 동여맸다. 고통에 아낙의 얼굴이 일그러졌다.

"마님, 쇤네는 괜찮습니다."

아낙이 고통을 참으며 말했다.

"가만 있게. 이런 손으로 어찌 일하려고 하는 겐가. 지금은 우리 한 사람 한 사람이 소중하이. 자네 손이 더 이상 쓸모가 없다면 성벽 위로 누가 돌과 물을 나르겠는가. 소중히 여기고 또 소중히 여기시게."

전의 이씨가 아낙의 손을 어루만지며 격려했다.

"마님."

"자, 다 되었네. 자네는 이제부터 군사들의 주먹밥을 나르는 것이 좋겠네. 그 손으로 돌을 캐는 건 무리야. 알겠는가?"

"네, 마님."

"어서 가보게."

전의 이씨는 잠시 내려놓아 두었던 사람 머리통만한 돌을 들고 다시 성벽을 향해 느릿느릿 올라갔다.

핑 !핑! 핑!

전의 이씨가 성벽에 오르자마자, 조총탄이 허공을 가르며 날아다녔다. 두려웠다. 겁이 났다. 조총탄이 스쳐 가는 소리만으로도 얼굴 살이 찢겨지는 고통이 느껴지는 듯했다. 전의 이씨는 그런 공포와 고통을 애써 무시하며 자신이 들고 온 돌을 성벽 위에 만들어진 돌무더기 위에다 내려놓았다. 그때 사다리를 타고 올라온 왜군이 칼을 휘두르며 훌쩍 성벽 위로 뛰어들었다.

"왜군이다!"

순식간에 왜군 대여섯 명이 성벽 위에서 왜검을 휘둘러 댔고, 이내 돌과 물을 나르던 아낙과 아이 몇몇이 피를 흘리며 바닥에 쓰러졌다. 그것을 보고 있던 수십 명의 아낙이 일제히 왜군들에게 괭이와 호미를 휘두르며 달려들었다. 그 사나운 기세에 놀란 왜군들이 뒤로 주춤하며 물러섰다.

"쳐라!"

근처에 있던 장정 몇몇이 왜군들에게 달려들었고, 멀지 않은 곳에 있던 조종도가 깜짝 놀라 두 아들 및 군사 몇몇과 함께 뛰어와 왜군을 상대했다.

깡! 깡!

왜검과 조선군이 즐겨 쓰는 환도가 맞부딪쳤다. 칼과 칼 사이에서 튄 불꽃이 사방으로 튀었고, 상대방을 죽이기 위해서 혼신의 힘을 다해 칼을 휘두르는 이의 이마에서 굵은 땀방울이 튀었다. 그러다가 상대방의 동작에서 조그마한 틈이라도 발견할라치면 어김없이 칼이 빈틈을 비집고 날아 들어가 생살을 갈랐다. 비명이 울림과 동시에 피가 공중으로 솟구쳤다.

"쏴라!"

근처에서 위급한 순간을 본 조선군 군관이 사수 몇몇을 데리고와 악착같이 버티던 왜군들을 향해 화살을 쏘아댔다. 시위를 떠난 화살이 왜군 3명을 순식간에 쓰러뜨렸다. 덕분에 잠시 유지되던 백중세는 곧 왜군의 열세로 바뀌었고, 용감하게 성벽 위로 진출했던 왜군들은 모두 조선군과 백성들의 칼과 몽둥이 그리고 낫과 호미에 맞아 목숨을 잃었다.

"부인, 괜찮으시요!"

조종도가 거친 숨을 몰아쉬며 바닥에 쓰러져 있던 전의 이씨를 일으켜 세웠다.

"괜찮습니다. 나리께서는 어서 자리를 지키도록 하십시오. 아직 전투가 한창이 아니옵니까."

"부인!"

"어서요!"

전의 이씨는 조종도의 손을 뿌리치고 비틀거리며 왜군과 조선인이 죽어 자빠진 시신을 넘어서 다시 성벽을 내려갔다. 그렇게 잠시 자신의 부인이 성벽을 내려가는 모습을 바라보고 있던 조종도는 다시 전투를 지휘하기 위해서 서문을 향해 뛰어갔다.

힘겹게 성벽을 내려온 전의 이씨는 잠시 성벽을 한 손으로 짚으며 숨을 헐떡였다. 가슴이 마구 뛰었고, 숨을 쉴 때마다 목이 타들어 가는 듯했다. 땅을 디디고 있던 두 다리가 후들거렸다. 어디선가 시퍼런 왜검을 쥔 왜군이 자신을 향해 달려드는 듯했다.

'내가 예서 이러면 안 된다!'

전의 이씨는 이를 악물고 걸음을 옮겼다. 아직 싸움이 한창이었다. 돌이든 물이든 성벽 위로 날라야 했다. 전의 이씨는 곧 돌과 물을 가지러 내려가는 이들의 대열에 끼어 움직였다.

"마님, 마침 잘 만났습니다."

전의 이씨가 막 수박만한 돌 하나를 힘겹게 들어 올려 머리에 이었을 때, 군무장 유명개가 나타나 말을 걸었다.

"군무장께서 어찌 여기에 오셨습니까?"

전의 이씨가 머리에 돌덩이를 인 채 물었다.

"마님, 동문과 북문에 화살을 가져다줘야 하는데 사람이 모자랍니다. 마님께서 좀 도와주시지요."

"알겠습니다."

전의 이씨는 이고 있던 돌을 다시 내려놓고는 주위에 있던 아낙 수십을 모아 유명개를 따라 성의 중심부에 위치한 군창으로 향했다.

"자, 한 단씩 머리에 이도록 하세요!"

유명개는 장정들을 시켜 아낙의 머리에 차례대로 화살 1단씩을 올려 주었다.

"마님, 남문에도 화살을 가져다줘야 하니, 속히 돌아오셔야 합니다."

"알겠습니다, 군무장 나리."

보통 사람 허리 굵기 정도 되는 화살 단을 머리에 인 전의 이씨는 아낙들을 데리고 먼저 동문을 향해 오르기 시작했다. 하늘에 뜬 8월의 뜨거운 해가 전의 이씨의 인내를 시험하겠다는 듯이 성문으로 이어지는 가파른 길을 올라가는 전의 이씨와 아낙들의 등짝을 사정없이 달궈대고 있었다. 이마에서 땀이 흘러 두 눈을 가리고 있었다.

"다들 힘을 내시게!"

전의 이씨가 화살 단을 머리에 인 채 뒤를 돌아다보며 외쳤다. 각각 화살 1단씩 머리에 인 약 1백에 가까운 아낙의 머리가 꼬리에 꼬리를 문 채 동문을 향해 올라서고 있었다. 장정도 오르기 힘든 길이었다. 그러나 누구 하나 불평을 하거나 힘들다 짜증을 부리지 않았다. 그저 오르고 또 오르고 있었다.

'저기 동문이다!'

숨이 거의 목구멍까지 차올라 더 이상 숨을 쉴 수 없을 지경이 되어서야 전의 이씨와 아낙의 무리는 겨우 동문에 당도할 수 있었다.

"자네들은 나를 따르고, 화살을 내린 이들은 어서 내려가시게."

전의 이씨는 아낙 무리의 절반을 이끌고 다시 성벽을 가로질러 북문을 향해 걸어갔다. 성벽에는 조총과 칼에 맞아 죽은 조선군과 백성들의 시신이 즐비했다. 또한 부상을 당하고 고통에 겨워 비명을 지르는 이도 있었다.

참혹했다. 그러나 성벽 아래 왜군의 상황은 더욱 참담했다. 성벽 위에 자빠져 있는 인원의 족히 몇 십 배는 되어 보이는 왜군들이 성벽 아래 산자락을 따라 자빠져 있었다. 죽어 자빠진 왜군들의 시체에서 흘러나온 피가 계곡에 모였다가 또 다른 핏물 줄기와 만나 그대로 아래로 콸콸 흘러내리고 있었다. 그러나 왜군들은 공격을 멈추지 않고 있었다. 동료들의 시신을 밟고 넘으며 계속 성벽을 향해 기어오르고 있었다. 지켜보는 것조차 두려울 정도였다.

'화살을 빨리 전해야 한다.'

전의 이씨는 자신의 머리에 이고 있는 화살 단을 한시 빨리 전해야 한다고 여기고 발걸음을 빨리했다. 하지만 가파른 성벽을 따라 걷기는 쉽지 않았다. 동쪽과 북쪽 성벽은 황석산 정상을 따라 축조된 상태여서 오르기가 더욱더 힘들었다. 게다가 수십 발이 넘는 조총탄이 끊임없이 성벽 위를 관통하여 반대편 허공을 향해 날아가고 있었다. 만약 조금이라도 고개를 들면 그대로 총탄에 맞을 것만 같았다.

"여기에다 내려놓으십시오. 옮기는 것은 저희가 하겠습니다."

마침내 전의 이씨는 북문 근처에 다다랐다. 근처 있던 군관과 군졸 몇몇이 달려와 반색을 하며 아낙들이 옮겨 온 화살을 넘겨받아 쌓기 시작했다.

"잘 싸워 주시게들!"

전의 이씨는 격려의 말을 한마디 전한 후에 다시 왔던 길을 내려갔다. 이번에는 남문으로 화살을 옮겨야만 했다. 서둘러야 했다. 그런데 그때 군사를 지휘하고 있던 주전장 백사림과 마주쳤다.

"마님께서 직접 화살을 가져오셨습니까!"

전의 이씨를 알아본 백사림이 깜짝 놀라며 말했다.

"목숨을 걸고 싸우는 이들도 있는데 이게 뭐가 대수겠습니까."

"고맙습니다. 안 그래도 화살이 바닥나려 하던 참이었습니다."

"잘 싸워 주십시오."

"최선을 다하고 있습니다. 쓰러진 왜군이 족히 1천은 넘어 보이는데, 왜군이 계속 몰려오고 있어요. 해서 화살과 비격진천뢰가 더욱 많이 필요합니다. 군무장에게 꼭 전해 주십시오."

"그리 전하겠습니다."

상황이 여의치 않다 여긴 전의 이씨는 다시 아낙 무리를 데리고 성벽을 내려갔다.

"어서 성벽을 오르란 말이다! 어서!"

성의 북문과 성벽이 잘 올려다 보이는 야트막한 산등성이에 올라 제3군을 지휘하고 있던 구로다는 속이 바짝 탔다. 1만에 달하던 군사들이 어느새 9천 이하로 줄어 있었다. 피해가 막심했다. 그럼에도 불구하고 성벽 어디에도 왜군이나 왜군의 군기 따위는 보이지 않고 있었다.

"장군! 군사를 잠시 뒤로 물려 재정비해야 합니다! 이러다가는 군사의 절반을 잃을지도 모릅니다!"

보다 못한 부장 하나가 다급한 목소리로 구로다에게 건의했다.

"안 된다! 오늘 밤을 꼬박 새워서라도 반드시 성벽을 넘어야 한다!"

"하지만 장군! 군사들이 지쳤습니다. 전사자는 그렇다 치고 부상자가 엄청납니다. 잠시 물려 물이라도 마시게 해야 합니다! 저런 상태로 밤새 싸울 수는 없습니다!"

또 다른 부장이 거듭 군사를 잠시 뒤로 물릴 것을 건의했다. 거듭되는 부장들의 건의를 무시할 수 없었던 구로다는 병력의 교체를 허락했다.

"그렇다면 1진은 뒤로 물리고 2진을 투입하라! 공격은 멈춰서는 안 된다! 신속하게 이동하라고 해!"

사실 뒤로 물러나 있던 2진 군사 5천은 야간 공격을 위해 따로 배치해 둔 부대였다. 1진의 희생이 엄청난 탓에 부득이 야간 공격부대를 투입하지 않을 수 없다 여긴 구로다와 제3군 지휘부의 고육지책이나 마찬가지였다.

"네, 장군!"

중천에 떠올랐던 해가 서산을 향해 기울 기미가 확연히 보일 때까지도 전투는 계속되고 있었다. 구로다가 지휘하는 제3군의 희생은 엄청났다. 황석산성의 성벽 중에서 가장 험한 곳이 동쪽과 북쪽이었다. 특히 북쪽은 황석산의 정상이나 매한가지였다. 성을 공격하는 것이 문제가 아니라 기어서 도달하는 것 자체가 힘들 정도였다. 설사 천신만고 끝에 성벽 아래에 도착한다고 해도 위에서 쏟아지는 화살, 돌, 비격진천뢰 따위에 목숨을 잃기 십상이었다.

그것을 지켜보고 있던 구로다는 발을 동동 굴렀다. 2진 역시 전사자와 부상자가 속출하고 있었다.

"당장 모리 장군에게 가서 공격을 멈추겠다 전하라! 그리고 그 답을 반드시 받아 신속히 돌아오라!"

더 이상의 공격이 무리라고 여긴 구로다는 우군 총사령관 모리에게 공격 중단을 건의하기 위해서 부장을 내려보냈다. 답변을 기다리는 동안에도 공격은 계속되었고, 사상자가 속출하고 있었다.

조선군의 저항은 혀를 내두를 정도로 맹렬했다. 이대로 계속 공격하다가는 자신이 지휘하고 있는 제3군 병력 거의 대부분을 잃을지도 모른다고 구로다는 생각했다. 그때 부장이 모리의 대답을 가지고 돌아왔다.

"장군, 지금 당장 공격을 중단하고 군사를 뒤로 물리라는 모리 장군의 명입니다!"

"다행이구나! 지금 즉시 공격을 중단하고 군사를 뒤로 물려라!"

구로다는 전군 퇴각을 명했다. 곧장 퇴각을 알리는 군호가 울렸고, 군호가 울리기 무섭게 왜군들이 앞다퉈 성벽에서 물러나 안전한 숙영지로 후퇴했다.

살아있는 자들이 후퇴한 자리에는 죽은 자 또는 부상당해 거동이 불가능한 자들이 아우성치며 남아 있었다. 그것을 보고 있던 구로다는 망연자실했다.

'무리다! 무리! 이건 무리야!'

온종일 성벽을 집어삼킬 듯이 밀려오던 왜군이 갑자기 퇴각하고 난 뒤에 곽준은 남문 망루 기둥에 기대 주저앉아 있었다. 곁에는 칼집을 잃어버린 그의 칼이 덩그러니 쓰러져 있었다. 자신의 환도가 바닥에 나뒹구는 것을 본 곽준은 무심코 오른쪽 손을 환도의 자루를 향해 뻗었다. 순간 오른팔에서 강한 통증이 밀려왔다. 마치 시뻘건 숯불에 맨살이라도 덴 듯이 통증은 쓰라리고 쓰라렸다.

"음!"

그제야 곽준은 아까 전투에서 오른팔에 상처를 입은 것을 떠올렸다. 비록 스쳐 가기는 했지만 조총탄이 갑옷을 뚫고 지나가며 오른쪽 팔뚝을 온통 헤집어 놓은 상태였다. 흘러내린 피가 갑옷 위에 검붉게 말라붙어 있었다. 심한 통증에 갑옷을 벗고 상처를 살피고 싶었지만, 언제 다시 왜군이 공격해 올지 몰라 그럴 수도 없었다. 곽준은 이를 악물고 참았다.

"아버님, 괜찮으십니까?"

남문 좌측 성벽 방어를 맡고 있던 곽준의 첫째 아들인 곽이상(郭履常)이 왜군의 공격이 잠시 멈춘 틈을 타 아버지인 곽준을 보기 위해서 찾아갔다가 뜻밖의 부상을 당한 곽준을 보고는 화들짝 놀라며 급히 곁으로 다가왔다.

"나는 괜찮다."

"이건 피가 아닙니까? 어서 갑주를 벗으세요."

"괜찮다고 해도 그러는구나."

"아버님, 팔에 입은 부상이 심한 듯하옵니다. 어서 치료를 받아야 합니다."

곽이상은 괜찮다는 곽준의 만류를 뿌리치고 기어코 의원을 불러들여 곽준의 상처를 보게 했다. 성의 방어를 위해서 다른 곳에서 싸우고 있다가 소식을 듣고 달려온 둘째 아들 곽이후(郭履厚), 사위 유문호(柳文虎) 등도 불안한 눈빛으로 곽준의 곁을 지켰다.

"다행히 총알이 살을 뚫고 지나갔습니다. 지혈만 잘하면 당장 큰 문제는 없을 듯합니다."

의원이 곽준의 팔뚝에 난 상처에다 약재를 바르고 천을 감싸 지혈을 하며 말했다.

"그것 보거라, 내 괜찮다고 하지 않더냐."

치료가 끝난 뒤에 곽준이 자리에서 일어서며 말했다. 오른팔에서 느껴지는 통증이 상당했지만 곽준은 이를 악물고 참으며 벗었던 두정갑을 다시 갖춰 입었다.

"내 무슨 일이 있어도 각자 위치를 지키라 하지 않았더냐. 어쩌자고 모두 모인 게야."

곽준은 자신 앞에 서 있는 두 아들과 사위를 바라보며 꾸짖듯 말했다.

"허나 자식 된 도리로 아버지께서 중한 부상을 당하셨다고 하는데 어찌 그냥 있을 수가 있사옵니까."

둘째 아들 곽이후의 두 눈에는 근심 어린 눈빛이 여전했다.

"괜찮다. 그러니 이제 모두 돌아가 백성들과 함께 자리를 지키도록 하거라!"

곽준은 다시 한번 두 아들과 사위에게 각자 위치로 돌아가 싸울 준비를 하라 일렀다. 그러자 곧 세 사람은 마지못해 인사를 하고 각자 병장기를 들고 힘없이 성벽을 따라 올라갔다.

'실로 장하구나!'

곽준은 다시 싸울 준비를 위해서 성벽을 따라 걸어가는 아들과 사위의 뒷모습을 바라보며 흡족해했다. 죽음이 두려웠다면 응당 도망쳤어야 했다. 그러나 자신의 자식과 사위는 그러지 않았다. 죽음의 두려움을 이기고 칼을 들고 아비와 같이 성과 백성을 지키기 위해서 곁에 서는 것을 선택한 것이었다. 곽준은 그 점이 고맙고 대견했다. 그러나 또 한편으로 미안했다. 약관의 젊은 나이에 삶 대신 죽음을 택한 심정이 어땠을까 싶었다.

곽준은 이번 전투가 결코 조선군 및 백성의 승리로 귀결되지 못하리라는 것을 잘 알고 있었다. 수천에 달하는 조선인들의 죽음이 패배의 제물로 바쳐질 터였다. 그중에는 곽준 자신은 물론이요 자식과 사위도 응당 포함될 게 분명했다.

'내 죽는 것은 두렵지 않으나, 저 무도한 왜적을 오래 잡아두지 못하게 될까 봐 그것이 진정 두렵구나.'

곽준은 성벽 앞으로 걸어가 산의 중간 즈음에서 횃불을 밝히고 야영 중인 왜군의 야영지를 바라봤다. 횃불로 온 산이 밝았다. 흡사 산불이라도 난 듯했다. 왜군은 많았다. 너무도 많았다. 그렇게 죽이고 또 죽였는데도 전혀 줄어든 것 같지 않았다.

곽준은 자신이 과연 저토록 많은 대군을 상대로 내일 하루를 더 견딜 수 있을까 생각했다. 곧 곽준의 입에서 진한 한숨이 뿜어져 나왔다. 곽준은 몸을 돌려 성벽에서 물러 나와 원래의 위치로 돌아갔다.

성벽 위에서는 아낙들이 성벽을 오르던 왜군을 향해 뿌릴 물을 끓여 대던 크고 작은 가마솥에다 밥을 짓고 있었다. 성벽을 따라 그 수를 헤아릴 수 없을 정도로 많은 가마솥에서 향긋한 밥 냄새를 피워대고 있었다. 아낙들은 가마솥에서 밥을 퍼내 소금과 나물 따위를 섞어 주먹밥을 만들어 쌓았고, 아이들은 누가 시키지도 않았건만 그 주먹밥을 나무통 따위에 담아 싸움으로 지친 군사와 장정들에게 가져다주고 있었다. 그것을 보며 곽준은 다시 한 번 의지를 다졌다.

'그래 왜군이 수만의 군사를 가졌다면 나는 저런 의기충천한 조선 백성 수천을 가졌다. 저들이 싸우는 한 나 또한 저들을 지키며 싸울 것이야.'

방심하다가 곽준이 날린 화살에 뜻하지 않은 부상을 입었던 가토가 다시 정신을 차린 것은 거의 이틀이 꼬박 지났을 때였다.

"으……!"

"장군, 정신이 드십니까?"

마침 전투를 마치고 가토의 처소를 찾았던 기하치로는 가토가 정신을 차리기 시작하자 반색했다.

"기하치로!"

"네, 장군님!"

"그…그래 전투는 어찌 되었느냐?"

정신을 차리기 무섭게 가토는 전투 결과부터 물었다. 하지만 기하치로는 즉답을 피하고 망설였다. 보나 마나 군사만 2만 가까이 잃었다고 하면 상처가 덧날 것이 분명했기 때문이었다. 의원 또한 가토의 가슴에 난 상처가 아물려면 족히 보름은 지나야 할 것이니, 그 전에 흥분하면 큰일 날 수도 있다고 경고한 바 있었다.

"지금 성을 점령하기 위해서 공격을 하고 있으나, 오르기가 만만치 않아 다른 방법을 모색하고 있는 중이옵니다."

기하치로는 전투 결과를 일단 숨겼다. 생각보다 가토의 부재가 왜군의 사기에 크게 영향을 끼치고 있었기 때문이었다. 하루라도 빨리 쾌차하는 것이 우선이라 판단했다.

"하긴, 성이 험하기는 하지. 기하치로! 섣불리 공격하지 말고 약점을 찾아 공격해라!"

"네, 장군."

말끝에 가토가 사납게 기침을 했다. 그것을 본 의원이 황급히 가토를 진정시켰다. 그리고는 기하치로를 그만 나가도록 했다.

"장군님을 잘 부탁하네."

의원에게 가토의 치료에 최선을 다해달라 당부를 한 뒤에 기하치로는 가토의 처소에서 물러 나왔다. 처소를 나오기 무섭게 멀리 황석산성이 보였다. 성벽을 따라 횃불 수백 개가 밝혀져 있었다. 횃불의 띠가 마치 사나운 용처럼 보였다. 기하치로는 두려웠다. 다시 성을 공격하기 위해서 저 산을 올라야 하는 것이 두려웠다.

'희생이 너무 크다. 오늘 하루만 2만에 가까운 군사를 잃었다. 이는 있을 수 없는 일이다.'

성으로 이르는 길은 너무도 험했고, 성 내부에서 저항하는 조선인들은 상상을 초월할 정도로 용맹했다. 말 그대로 남녀노소를 가리지 않고 온 조선인들이 혼연일체가 되어 싸우고 있었다. 거기에 황석산까지 가세한 듯했다. 덕분에 왜군 우군은 6만3천 군사 중에 3할에 해당하는 2만에 가까운 군사를 잃어야만 했다. 만약 야간 공격까지 감행했었다면 그 희생은 더욱 걷잡을 수 없이 커졌을 터였다. 그나마 야간 공격을 중단한 모리 장군의 결정이 고맙기까지 했다. 그때 모리 장군의 전령이 긴급회의가 있음을 알려왔다.

"알았다. 장군께 곧 간다 전하라."

기하치로는 가토 대신 지휘를 맡게 된 제2군 전체에 휴식과 병사들이 양껏 먹을 수 있도록 조치한 후에 서둘러 모리 장군의 처소로 향했다.

"화살과 비격진천뢰가 거의 떨어져 갑니다. 지금 남아 있는 양으로는 내일 전투에서 필요한 수량을 감당하지 못할 듯하옵니다."

군무장 유명개가 면목 없어 하는 목소리로 말했고, 회의에 모인 백사림, 곽준, 조종도 등은 짧은 탄식을 했다. 사실 지금까지 왜군을 저지하는 데에는 화살과 비격진천뢰의 힘이 컸다. 하지만 내일 이후에는 더 이상 화살도 비격진천뢰를 쓸 수 없게 될 것이라는 말은 공포 그 자체였다.

"화살과 비격진천뢰 없이는 몰려드는 왜군을 막기 힘들 터인데 이거 걱정입니다."

주전장 백사림이 잔뜩 굳은 얼굴로 말했다.

"목숨을 다해 싸울 수밖에요."

그런 백사림을 바라보며 조종도가 담담하게 말했다.

"그렇습니다. 어차피 죽음을 각오하고 성안으로 들어왔습니다. 죽을 때 죽더라도 왜군을 최대한 이곳에 오래 잡아 두어야 합니다. 그래야만 전주성에 희망이 있음이에요."

곽준이 힘을 주어 말했다. 백사림이 곽준을 쳐다보며 다시 뭔가를 말을 하려다가 입을 닫았다.

"군량은 어떠하오니까?"

조종도가 유명개에게 물었다.

"군량은 충분하외다. 이 상태로 한 달은 문제 없을 겝니다."

유명개가 자신 있다는 투로 말했다.

"문제로군요."

그러나 조종도의 반응은 자못 심각하기 짝이 없었다. 유명개는 그게 무슨 말이냐는 듯이 조종도를 바라봤다. 이미 자신이 군량은 충분하다고 말했기 때문이었다.

"만약 왜군이 성안으로 들어오면 가장 먼저 군량을 탈취하려 할 것입니다. 그렇게 되면 그 군량은 또 다른 조선군이나 백성을 공격할 든든한 자원이 될 테지요."

유명개는 그제야 고개를 끄덕였다. 틀린 말이 아니었다. 군량은 피아를 구분하지 않는 법이었다. 조선인이 먹는 것을 왜군이라고 먹지 못할 리가 없었다.

"그리되도록 놔둘 수는 없지요. 군무장께서는 비밀리에 이에 대한 대비를 해주셔야겠습니다."

곽준이 유명개를 바라보며 말했다. 유명개는 곽준의 말뜻을 어렵지 않게 알아차렸다.

"만약 성이 적의 수중에 떨어지게 되면 쌓아 놓은 군량과 물자를 모두 불태우겠습니다."

유명개가 눈에 잔뜩 힘을 주고 말했다. 곽준과 조종도는 천천히 고개를 끄덕였다. 그런데 그때까지 백사림은 속으로 뭔가를 골똘히 생각하고 있었다.

"백 부사께서는 따로 할 말이 없으신 겁니까?"

조종도가 회의 시작 이후 내내 거의 입을 닫은 채 별다른 의견을 내놓지 않고 있던 백사림에게 물었다.

"화살과 비격진천뢰가 떨어졌다는 것은 일단 우리만 아는 것으로 하는 것이 좋겠소이다. 군사들이나 백성들이 알아봐야 사기만 떨어질 뿐 별 도움이 되지 않을 테니까요."

"딴은 일리가 있습니다."

백사림의 말에 곽준이 고개를 끄덕이며 말했다.

"부상병들이 속출하고 있으나, 이들을 치료할 약재가 태부족입니다. 앞으로 더 많은 부상자가 나올 텐데 정말 큰일입니다."

유명개가 부상자 치료를 위한 약재가 부족하다고 호소했으나, 백사림은 별다른 반응이 없었다.

"백 부사, 뭘 그리 골똘히 생각하고 계시는 게요?"

질문을 한 유명개가 무안할 정도로 반응이 없는 것을 이상하게 여긴 조종도가 백사림에게 직접적으로 물었다.

"아, 잠시 내일 전투를 생각하느라 그랬습니다."

백사림은 자신의 불찰이라며 사과를 한 후에, 재차 유명개에게 물었고, 유명개는 멋쩍어하며 다시 조금 전에 한 질문을 반복했다.

"지금은 외부와 차단되어 있어서 약재를 구한다는 것은 아무래도 어렵지요. 있는 것을 활용하여 최선을 다해 치료하는 수밖에 없을 것 같습니다."

백사림의 대답은 원론적이었고, 느끼기에 따라서 차갑기까지 했다. 물론 사방이 왜군으로 포위되어 있어서 외부에서 약재를 조달하기는 거의 불가능했기에 백사림의 말이 틀렸다고 할 수 없었다.

'백 부사께서 뭘 저리 생각을 하고 계시는 것인지.'

백사림를 보고 있던 곽준은 불현듯 불안한 생각이 들었다. 아까부터 뭔가를 골똘히 생각하고 있는 눈치였다.

"자, 오늘 회의는 이만 파하도록 하겠습니다."

내일 있을 전투에 대해서 몇 마디 의견을 나눈 후에 백사림은 회의를 파했다. 그리고는 서둘러 회의장을 빠져나가 버렸다. 남아 있던 곽준과 조종도 그리고 유명개는 그런 백사림을 의아하게 바라보고 있었다.

"어찌 되었습니까?"

백사림이 북문 성루에 도착하기 무섭게 망루를 지키고 있던 군관 하나가 조용히 다가와 물었다.

"우리 예상대로네. 화살과 비격진천뢰가 거의 바닥났어. 내일 또한 오늘처럼 왜군과 싸운다면 내일 해 질 녘에는 우리는 화살과 비격진천뢰 없이 싸우게 될 게야."

"그렇다면 큰일 아닙니까? 오늘만 해도 밀어닥치는 왜군을 겨우 막아냈습니다. 그런 왜군을 화살이나 비격진천뢰 없이 어찌 막겠습니까."

"난감하이."

"부사께서는 어찌하실 요량입니까?"

군관이 주위를 의식하며 백사림을 향해 나직이 물었다.

"일단 내일 전투를 지켜보고 결정하세."

백사림 또한 목소리를 최대한 낮춰 말했다.

"알겠습니다."

"자네는 그만 돌아가 김해에서 함께 온 군사들에게 내일 싸움에 전력을 기울이지 않도록 하시게.”

“그리 전하겠습니다.”

백사림의 지시를 받은 군관은 군례를 갖춘 후에 성벽에서 내려갔다. 홀로 성문에 남은 백사림은 다시금 생각에 잠겼다.

‘이길 수 없는 싸움이다. 이길 수 없다면 피하는 것이 상책 아니겠는가?’

싸움에서 이길 수 없다 여긴 순간부터 백사림의 머릿속에는 함께 성으로 들어 온 모친과 두 애첩의 생사만 떠올랐고, 어떻게 해서든 자신과 그들이 무사히 성을 빠져나갈 수 있기를 간절히 빌었다.

새벽 여명이 미처 밝아 오기 전이었다. 성문 망루에 기대앉아 잠시 쪽잠을 청하고 있던 조종도는 바람에 실려 오는 역한 시체 냄새에 눈을 떴다. 만약 전장이 아니라면 당장 토하고 싶을 만큼의 역함이었다. 비록 밤새 왜군을 지켜보느라 잠을 설친 탓에 몹시도 피곤한 그였지만 역한 냄새는 찰나의 편한 잠조차 허(許)하지 않았다.

“내가 잠시 졸았구나.”

잠을 깬 조종도는 손에 쥔 환도에 의지해 힘겹게 몸을 일으켰다. 순간, 몸 여기저기가 쑤시고 결려왔다.

“음……!”

근육과 관절에서 느껴지는 고통에 조종도는 자신도 모르게 입밖으로 신음을 뿜어냈다. 마치 지난밤 내내 몽둥이로 맞은 듯한 고통이었다.

조종도는 느껴지는 모든 고통을 무시한 채 몸을 곧추세우고는 환도를 단단히 거머쥐었다. 비록 나이 60이 넘은 노인이었지만 지금 주위에는 서문을 지키는 지휘장을 믿고 싸우는 백성만 2천 가까이 되었기 때문이었다. 조종도는 그런 그들에게 조금의 흐트러진 모습을 보일 수 없다 여겼다.

'이제 곧 동이 트겠구나.'

동녘 하늘이 점점 붉어지고 있었고, 사위(四圍) 또한 빠르게 명확해지고 있었다. 조종도는 몸을 바로 하고 몸에 걸치고 있던 두정갑을 바르게 한 후에 몸을 돌려가며 성문 주위를 살폈다.

밤새 성벽 아래를 비추던 횃불은 이미 꺼진 채 매캐한 연기를 허공을 향해 피우고 있었고, 며칠 동안 있은 치열한 싸움에 지친 군사와 백성들이 성벽 위에 아무렇게나 쓰러진 채 쪽잠을 청하는 중이었다.

높디높은 황석산 정상에 세워진 성이라 새벽 무렵 공기가 무척이나 차가웠다. 성벽 위의 군사들과 백성들은 이불은 고사하고 몸을 감싸고 있던 다 찢어지고 피에 얼룩진 옷 한 벌로 새벽 산 정상 추위를 견디고 있었다. 안쓰러웠다. 지난 며칠 죽을 힘을 다해 싸웠지만 앞으로 며칠을 더 죽을 힘을 다해 싸워야 할지 몰랐다. 확실한 것은 그 싸움이 끝났을 때야 비로소 휴식을 취할 수 있을 터였다. 죽어서든 살아서든 말이다.

조종도는 마음속으로 빌고 빌었다. 저토록 용맹한 백성들이 앞으로 전투가 끝나고 나서 취하게 될 휴식을 살아남은 승자로 취하게 해달라고 말이다.

"군수님!"

"군무장 아닌가?"

자신을 부르는 소리에 조종도가 뒤를 돌아보니, 군무장인 유명개가 성문의 망루 위로 올라오고 있었다.

"마침 계셨군요."

유명개가 숨을 헐떡이며 물었다.

"이 사람아 숨 좀 돌리시게. 무슨 일인데 이리 급히 온 겐가?"

"잠시 따로이 저 좀 보시지요."

유명개는 조종도를 데리고 인적이 없는 곳으로 갔다.

"내게 긴히 할 말이라도 있는 것인가?"

"군수님께서도 잘 아시다시피 화살과 비격진천뢰가 태부족이지 않습니까?"

"그렇지."

"해서 왜군의 공격이 집중되고 있는 남문 쪽으로 화살과 비격진천뢰를 우선 보내고자 하는데, 군수님 의향은 어떠하신지요."

"그걸 물어볼 필요가 뭐가 있는가. 그렇지 않아도 남문에 왜군들이 계속 집중해서 공격하는 것이 마음이 쓰였던 참이었네. 자네 뜻대로 하시게나."

"그렇게 되면 군수님이 고전하시게 될 터입니다. 그리해도 괜찮겠습니까?"

"괜찮네. 서문은 남문보다 그 지세가 험하지 않은가. 상황이 여의치 않으나 일단 위급한 곳부터 지원을 해야지."

"그리 말씀해 주시니 감사합니다."

"어서 가 보게."

"네, 군수님."

조종도를 향해 군례를 취한 후에 유명개는 다시 성벽을 부리나케 내려갔다.

'어차피 화살과 비격진천뢰는 오늘 안으로 바닥이 날게야. 우선 지원하든 지원하지 않든 승패는 오늘 이후 밝혀지겠지.'

오늘 어떻게 해서든 버틴다고 해도 내일은 화살과 비격진천뢰 없이 전투를 치러야만 했다. 오로지 칼과 도끼 그리고 돌멩이로 사나운 왜군을 상대해야만 했고, 그런 전투에서 승패는 불을 보듯 뻔했다.

'이기는 날이 있으면 지는 날도 있는 법이지.'

죽음과 맞닥뜨릴 시간이 얼마 남지 않았다 여긴 조종도는 몸을 돌려 성벽 아래를 굽어봤다. 여명이 밝아 오는 가운데 숲의 바닥이 마치 잔잔한 바다에서 파도가 일 듯이 일렁이고 있었다. 그것을 보고 있던 조종도는 들고 있던 환도를 뽑아 들었다. 그리고 외쳤다.

"적이다!"

"오늘은 무조건 성을 점령해야만 한다!"

가토를 대신해 제2군을 지휘하고 있던 기하치로가 부하들을 향해 외쳤다.

"와아!"

왜군들은 조총부대의 엄호를 받으면서 사다리를 받쳐 들고 가파른 산자락을 뛰어올랐다.

빠바바방!

조총수들이 성벽 위에서 조선군들이 쉽사리 화살이나 비격진천뢰를 굴릴 수 없도록 일제 사격을 가하고 있었다. 활을 쏘기 위해서 성벽 위로 일어선 일부 조선군이나 백성들이 조총에 맞아 외마디 비명을 내지르며 성벽 아래로 떨어져 내렸다. 하지만 그보다 더 많은 숫자의 조선군과 백성들이 활을 쏘아댔고, 성을 기어오르기 위해서 안간힘을 쓰던 무수한 왜군들이 성벽 위에서 날아든 화살에 맞아 쓰러지고 있었다.

"화살이 없다!"

남문을 지키고 있던 곽준은 성벽 여기저기서 들려오는 소리에 당황했다. 새벽에 시작된 싸움은 해가 동녘에서 떠올라 절정에 다다른 정오를 넘긴 지금껏 그 끝을 모르고 이어지고 있었다.

성을 에워싼 채 동서남북을 가리지 않고 총공세에 나선 왜군은 이미 무수한 사상자를 내고 있었음에도 불구하고 결코 공격을 늦추거나 멈추지 않고 있었다. 말 그대로 성을 통째로 무너뜨릴 기세로 몰아붙이고 있는 중이었다. 그렇게 싸움이 한창인데 조선군에게 가장 강력한 무기인 화살과 비격진천뢰가 바닥을 보인 것이다. 특히 왜군의 접근을 막는데 가장 효과가 있는 무기는 역시 화살이었다. 그런 화살이 없다는 것은 왜군의 접근을 무제한 허용하는 것과 진배없었다.

"지금 곧 군무장에게 가서 화살과 비격진천뢰를 보내라 전하라!"

다급해진 곽준은 전령을 급히 군무장인 유명개에 보냈다. 화살없이는 남문을 지키기 힘들다는 판단이 섰던 까닭이었다. 곧 그런 판단이 맞는다는 것을 증명하기라도 하듯이 화살이 떨치는 방어막이 엷어지기 시작하자, 성벽 아래에 무사히 도달하는 왜군의 수가 급격히 늘어났고, 곧 왜군들이 가져온 높다란 사다리가 성벽 곳곳에 걸쳐지기 시작했다. 성벽 위에서 필사적으로 저항하고 있던 조선군과 백성들의 얼굴에 진한 두려움이 깃들기 시작했다.

"돌을 굴려라!"

비록 화살 등이 떨어졌지만 성벽 위에서의 저항은 여전히 필사적이었다. 성벽 위에서는 급한 대로 커다란 돌덩이가 사다리를 타고 성벽을 기어오르고 있는 중인 왜군을 향해 날아갔고, 가마솥에서 끓인 뜨거운 물 또한 끼얹어졌다.

퍽!

성벽에서 내던진 사람 머리통만한 돌덩이에 맞은 왜군은 별다른 저항도 못 한 채 외마디 비명과 함께 사다리 아래로 굴러떨어졌다. 그러나 성벽 위에서의 필사적인 저항에도 불구하고 맹렬한 기세로 성벽을 오르는 왜군을 막기에는 역부족이었다.

성벽에서 내리꽂히는 화살이 거의 없다시피 하자, 더욱 많은 수의 사다리가 성벽 곳곳에 걸쳐졌고, 먹이를 향해 기어오르는 새카만 개미 떼마냥 왜군은 사다리에 올라타고 성벽을 향해 끝없이 기어오르고 있었다. 겁에 질린 일부 아낙들이 가마솥 근처에 쌓여 있던 나무토막 따위를 성벽을 기어오르는 왜군들을 향해 필사적으로 던져댔지만 한번 기세가 오른 왜군을 막기에는 소용이 없었다.

"이야!"

드디어 왜군 하나가 조선 측의 강력한 방어에도 불구하고 사다리를 타고 올라 성벽 위에 무사히 올라섰다. 성벽 위에 올라 조선군과 백성들을 바라보는 그의 눈에서 광기가 번뜩였고, 그가 수직으로 들어 올린 왜검에서는 작열하는 태양 빛을 머금은 검광(劍光)이 번뜩였다.

콱!

일단 성벽에 성공적으로 올라선 왜군은 피에 굶주린 호랑이처럼 기다랗고 날카로운 왜검을 휘둘러 순식간에 자신의 앞을 막고 나선 조선군 하나와 백성 둘을 베어 자빠뜨렸다. 사방으로 붉은 피가 흩뿌려졌고, 처절하거나 구슬픈 비명도 울렸다. 단 한 명의 왜군으로 인해 성벽 위의 상황은 걷잡을 수 없을 정도로 공포스럽게 돌변했다. 그렇게 왜군이 휘두르는 검에 의해 아수라장이 된 성벽 위에 다시 왜군 몇몇이 속속 올라와 먼저 올라선 왜군과 합세했다. 다시 십수 명의 조선군과 백성이 별다른 저항도 못 한 채 목이나 몸이 베어진 채 쓰러졌다.

"나를 따르라!"

멀찍이서 그 광경을 목격한 곽준은 환도를 꼬나 잡고 기세등등하게 왜검을 휘두르고 있던 왜군들을 향해 곧장 달려들었다. 그대로 두었다가는 성벽 일부가 왜군에 점령당할 것 같았다. 그렇게 되면 더 이상 남문을 지키는 것은 불가능했다.

성벽 아래에 있던 왜군과 성벽 위로 올라선 왜군은 확연히 달랐다. 왜군의 단병접전(短兵接戰) 능력만큼은 조선군을 압도하고도 남았다. 상황은 점점 다급하게 변하고 있었다. 그 사이에 왜군 3명이 새로이 성벽 위에 올라섰다.

"이놈!"

호통을 치며 성난 범 같은 기세로 달려드는 곽준을 발견한 왜군들은 상대하던 조선군과 몇몇 백성을 버려두고 일제히 칼을 휘둘렀다.

깡!

곽준이 휘두른 환도와 왜군의 왜검이 공중에서 몇 번 맞부딪쳤다. 칼과 칼에서 부스러진 칼날 조각 따위가 섬뜩한 소음과 불꽃과 함께 사방으로 휘날렸다.

“이야!”

현란한 검술을 선보이던 곽준이 어렵지 않게 왜군 하나를 베어 넘어뜨렸다. 이를 본 왜군들은 당황하며 곽준에게 일제히 달려들었다. 다시 곽준이 왜검을 양손으로 치켜들고 자신을 내리찍으려는 자세로 달려들던 왜군의 다리를 베어 균형을 무너뜨린 뒤에 다시 환도를 휘둘러 휘청거리는 왜군의 목을 베어냈다. 몸에서 분리된 왜군의 머리가 성벽 위를 따라 데굴데굴 구르다 멈췄다.

“쳐라!”

곽준의 서슬 퍼런 기세에 눌린 왜군들이 잠시 주춤하는 사이에 조선군 군관 몇몇이 곽준을 돕기 위해서 달려왔다. 곽준은 군관들의 도움을 받아 성벽 위에서 난동을 피우던 왜군들을 가까스로 제압했다.

“왜군의 시체를 내던져라!”

주검으로 변해 성벽 위에 나뒹굴던 왜군 시체 십여 구 또한 무기가 되어 성벽을 기어오르던 동료들의 머리 위로 내던져졌다. 던질 수 있는 것은 모두 무기가 되어 성벽 아래로 던져졌다.

곽준은 할 수만 있다면 성벽을 뜯어내 왜군을 향해 던지고 싶었다. 그때였다. 아낙 20여 명이 각각 성인 몸통 굵기의 화살 단을 머리에 이고 줄줄이 남문을 향해 올라오고 있었다.

"어서 나눠주시오!"

화살을 공급받은 곽준은 다행이라 여기며 활을 든 사수들에게 왜군을 향해 활을 쏠 것을 독려했다. 곧 멈췄던 성벽 위에서 내리는 화살 비가 다시 시작되었고, 거의 무방비 상태로 성벽을 오르거나 접근하던 왜군들이 예고 없이 시작된 성벽 위에서 쏟아지는 화살에 맞아 쓰러져갔다.

"군수님, 화살이 모두 떨어졌다고 합니다!"

조종도는 화살을 가지러 보냈던 군관이 돌아와 전하는 보고를 접하고는 대경실색했다.

"그럴 리가 없다! 내 오늘 오전에 직접 화살의 재고를 확인했다. 내일은 몰라도 오늘 싸울 양은 충분했다."

"군무장께 서문으로 남은 화살을 모두 보내라고 할까요?"

군관이 당장이라도 군무장에게 달려갈 자세를 취하며 물었다.

"아니다!"

"네?"

"일단 최선을 다해 싸우라 전하라!"

"군수님!"

"어서!"

조종도의 입에서 아주 얕고 짧은 신음이 흘러나왔다. 더 이상 화살이나 비격진천뢰는 없었다. 보나 마나 군무장인 유명개가 왜군의 공격이 가장 치열한 남문으로 모든 자원을 보낸 것이 틀림없었기 때문이었다. 그리고 얼마 전에 그것을 허락하기도 했었다.

싸우느라 그 사실을 까맣게 잊고 있었던 조종도는 탄식했다.

'이제 남은 무기라고는 죽을 각오뿐이구나!'

남은 무기라고는 돌멩이와 뜨거운 물 그리고 성벽의 서쪽을 거의 맨몸이나 마찬가지인 상태로 성과 가족을 지키려는 조선인 1천5백 명의 뜨겁디뜨거운 의기 정도였다. 사실상 버티는 것은 오늘이 마지막이라고 조종도는 생각했다. 갑자기 정신이 아득해졌다. 조종도는 주위를 둘러봤다. 성벽 아래에서는 수만 명의 왜군이 성벽 위에서 사력을 다해 싸우고 있는 중인 1천이 넘는 조선인들을 죽이기 위해서 달려들고 있었고, 그런 왜군을 상대로 성벽 위의 조선인들은 죽음을 각오하고 저항하고 있었다. 조종도는 그런 조선인들이 그렇게 장해 보일 수 없었다.

'어찌 하늘은 무도한 왜군은 살리고, 무고한 조선인들의 생목숨을 거두시려 하는 것인가!'

조종도는 잠시 하늘을 쳐다보며 한탄했다. 그러나 그의 한탄은 주위의 거대한 함성에 순식간에 묻혀버려 이미 흔적이 없었다.

멀리 서쪽 하늘이 곱디고운 붉은색으로 물들고 있었다. 그리고 그 붉은색은 성벽 위를 따라 졸졸 흘러내리는 조선인의 피를 더욱 더 붉어 보이게끔 만들고 있었다.

마침내 치열한 전투가 끝이 났다. 왜군이 물러나는 것을 확인한 백사림은 그 자리에 털썩 주저앉았다. 하루 종일 먹은 것이라고는 물 한 모금이 전부였다. 환도를 쥔 팔은 후들거렸고, 가슴에서는 들숨과 날숨이 거칠고 빠르게 들락날락했다. 곁에 서 있어야 할 부관은 이미 숨이 끊어진 채 아무렇게나 자빠져 있었다. 조금 전까지도 부관은 백사림의 곁에서 칼을 휘두르고 있었다.

사실 백사림은 부관이 언제 죽었는지조차도 기억할 수 없었다. 백사림은 두 눈을 치켜뜬 채 죽어 있는 부관의 얼굴을 가만히 바라봤다. 순간 무표정하게 치켜뜬 부관의 두 눈구멍에서 무슨 소리가 울리는 것만 같았다. 도망가라! 어서 도망가라! 백사림은 부관의 두 눈이 그렇게 말하고 있다고 여겼다. 묻고 싶었다. 도망가면 살 수 있겠는가 하고 말이다. 하지만 부관의 두 눈은 빠르게 짙어지는 어둠에 묻혀 더 이상 보이지 않았다. 백사림은 치켜뜨고 있는 부관의 눈을 감겨주고 싶었다. 그러나 그럴 기력조차 백사림에게는 없었다.

하늘이 빠르게 어두워지고 있었다. 조금 전 싸움이 한창일 때의 함성은 거짓말처럼 성벽 위에서 자취를 감추었다. 대신 고통에 겨워 몸부림치는 조선인들의 살려달라는 비명과 신음뿐이었다.

백사림은 무서워졌다. 내일 왜군이 다시 몰려왔을 때 죽은 부관이 누워 있는 자리에 자신이 죽어 자빠져 누워 있을 것만 같았다. 생각 끝에 백사림은 김해에서 데리고 온 군사 하나를 조용히 불렀다.

"내 사람들을 은밀히 불러 모으거라!"

"네!"

김해에서 함께 온 군관과 병졸들을 모두 불러 모을 것을 지시한 백사림은 환도를 지팡이 삼아 사력을 다해 일어섰다. 그리고는 조용히 성벽을 내려가 자신의 모친과 두 첩이 기다리는 임시 거처로 빠르고 은밀하게 걸어갔다.

자정 무렵의 보름달이 황석산 정상을 환하게 비추고 있었다. 사위는 고요했다. 성벽 위의 조선군과 백성들도, 성벽 아래에 진을 친 왜군들도 모두 낮에 있었던 목숨을 건 전투의 피로를 잊기 위해 잠에 취해 있었다.

"조용히 하거라!"

성의 북문에 일단의 장정들이 하나둘 모여들었다. 모두 조선군들이었고, 그 장정들을 이끄는 이는 바로 이번 전투의 주전장이자 김해 부사인 백사림이었다.

"다들 모였느냐?"

"네, 부사 나으리!"

"너희들은 주변을 경계하고 만약 소리치거나 막으려는 자가 있거든 가차 없이 베어라! 알겠느냐!"

"네!"

백사림의 지시를 받은 군관 1명과 병졸 십여 명이 칼을 뽑아 들고 주위로 흩어져 경계를 서기 시작했다. 그러는 사이에 북문 아래로 긴 동아줄 몇 개가 내려졌다.

"여보시게, 이리해도 되는 겐가? 우리만 이리 빠져나가도 되는 것인가 묻지 않는가?"

"어머니, 지금은 그저 제가 시키는 대로만 하십시오. 시간이 없습니다."

백사림은 자신의 모친이 제기하는 의구심을 단칼에 눌러 버리고는 거의 반강제로 모친을 동아줄에 매달리게 한 후에 아래로 내려보냈다.

"자네들은 어머니를 모시고 인근 숲으로 빨리 피하게. 내 바로 따라갈 터이니."

백사림은 자신이 데리고 온 두 첩 또한 아래로 내려보냈다. 그리고는 자신 역시 동아줄에 의지한 채 성벽 아래로 내려갔다.

"다들 왔는가?"

백사림이 북문 밖에 모인 군사들에게 물었다.

"네, 부사 나으리!"

"가자!"

인원 점고를 마친 백사림은 자신이 김해에서 거느리고 온 자들 중 자력으로 움직일 수 있는 자만 데리고 빠르게 성 아래 숲으로 사라졌다.

왜군 우군 진영에서는 자정이 넘도록 대책 회의가 계속되고 있었다.

"벌써 사상자가 3만이 넘었습니다! 3만! 이는 우리 우군의 절반에 가까운 숫자입니다!"

왜군 우군 총사령관 모리가 지금까지 왜군이 입은 피해를 강조하며 우군에 속한 각 군 대장들을 향해 질책해댔다. 그러나 모리의 질책에 대해 입을 여는 왜군 장수는 단 한 명도 없었다.

모리는 우군의 피해가 너무 크다는 사실에 분을 감추지 못하고 있었다. 지난 임진년 조선 정벌을 위해서 조선 땅에 발을 디딘 이후에 지금처럼 한 번의 전투에서 군사를 잃은 예는 없었다. 게다가 황석산성을 점령하지도 못하고 있는 상황이었다. 만약 내일 날이 밝으면 다시 공성에 나설 때 추가 피해는 불가피했고, 그로 인해 희생되는 군사의 수는 지금보다 늘어날 것은 불을 보듯 뻔했다.

왜군 우군 대장들이 느끼는 당혹감은 한층 더했다. 그렇다고 이미 병력의 절반 가까이 잃은 뒤라 공성을 중단하고 군사를 물린 다음 황석산성을 우회하여 곧장 육십령을 넘어 전주성으로 진격할 수도 없었다. 그것은 바로 전투의 패배를 의미했기 때문이었다. 게다가 3만이 넘는 엄청난 희생을 치르고도 전투의 승리를 챙기지 못한다면 모질고도 모진 책임이 이번 전투를 총지휘하고 있는 모리는 물론이고 나머지 대장들에게 떨어질 것은 자명했다. 볼 것도 없이 본국으로 송환되어 풍신수길로부터 심한 질책을 받을 터였다. 어쩌면 그 자리에서 할복을 명 받을지도 몰랐다.

"내일은 반드시 성을 점령해야만 합니다! 더 이상의 피해는 용납할 수 없습니다!"

모리가 우군 각 군 대장들을 향해 외치듯 말했다. 그러나 왜군 대장들 중 누구 하나 자신감을 표하는 이는 없었다. 군사들이 지쳐 있듯 하루 종일 전장에 나가 있는 그들 또한 지쳐 있는 상황이었다.

"반드시 그래야죠. 그래도 다행스러운 점은 해 질 녘이 되어서 조선 놈들의 저항이 완전히 수그러들었다는 것입니다."

제3군을 이끌고 성의 서문을 공격하고 있는 중인 구로다가 다소 밝아진 표정으로 말했다.

"그렇습니다. 구로다 장군의 말처럼 오후부터 성벽에서 날아오는 화살이 거의 사라졌었습니다."

제6군을 이끌고 성의 북문 공격을 주도하고 있는 중인 조소카베 또한 구로다와 의견을 같이했다.

"아무래도 조선 놈들의 무기가 완전히 바닥이 난 모양입니다.

해서 내일은 어찌 되었든 이번 전투의 결과가 나올 듯합니다."

제4군 대장 나베시마가 모리를 바라보며 자신 있게 말했다.

"그건 저도 이미 보고를 받았습니다. 만약 조선 놈들이 가지고 있는 화살이 모두 떨어졌다면 공성이 한결 수월할 것입니다. 내일은 반드시 성을 점령해야만 합니다. 더 이상 지체할 시간도 낭비할 군사도 우리에겐 없습니다!"

모리가 다시 한 번 힘을 주어 강조하며 말했다. 그때였다. 회의장 안으로 모리가 부리는 부장이 뛰어 들어왔다.

"무슨 일이냐!"

모리가 신경질적으로 물었다.

"장군님! 북문을 감시 중이던 매복조에게서 급한 전갈이 당도했습니다!"

"말해 보거라."

"조금 전 자정 무렵에 북문을 지키던 조선군 장수 1명과 군사 30여 명 그리고 여자로 보이는 백성 몇몇이 몰래 성을 빠져나갔다고 합니다!"

"그게 사실이더냐?"

"그렇습니다! 확실하다고 합니다!"

"조선군 장수가 누구인지는 확인이 됐다고 하더냐?"

성의 북문 공격을 책임지고 있던 조소카베가 다급하게 물었다. 그가 이끌고 있던 제6군은 총 1만 명의 군사 중에서 벌써 4천 이상 잃은 상황이었다. 때문에 지금의 보고는 매우 중요했다.

"김해 부사 백사림으로 보인다고 합니다."

"백사림이라면 성의 주전장이 아닙니까?"

조소카베가 모리를 향해 물었다.

“맞습니다. 성의 주전장이 자신이 지키던 북문을 버리고 가솔들을 데리고 야반도주라. 이건 하늘이 내린 기회입니다.”

모리가 잔뜩 상기된 표정으로 말했다.

“그렇습니다, 장군. 그래 북문은 지금 어떻다고 하더냐?”

조소카베가 모리의 부장을 향해 물었다.

“어두워서 잘 보이지는 않지만, 방비가 매우 허술해 보인다고 합니다.”

“그럴 수밖에 없지. 성문을 지키던 장수가 없으니까. 지금 당장 북문을 공격할까요?”

조소카베가 모리를 향해 야간 공격을 건의했다.

“아닙니다. 그렇게 되면 지금 북문이 비었다는 것을 조선 놈들이 알아차릴 테지요. 지금 우리에게는 군사력을 낭비할 여유가 없어요.”

“그럼 어쩔 요량입니까?”

나베시마가 물었다.

“넌 지금 즉시 성의 북문을 감시 중인 매복조에게 가서 조선군으로 변복한 다음에 은밀히 성문을 점령하고 있으라 전하라.”

“네, 장군!”

“내일 동틀 무렵에 총공격을 개시할 것이다. 그때까지 정체를 숨기고 있다가 성의 북문을 완전히 장악한 후에 성문을 열고서, 성 내부 곳곳에다 불을 놓으라 전하라.”

모리의 지시를 받은 부장이 회의장을 빠져나갔다.

“조소카베 장군, 내일 전투의 승패는 장군에게 달려있습니다.

최단 시간 내에 성의 북문을 완전 점령하고 내부로 진입해야만 합니다.”

모리가 조소카베를 향해 말했다.

“걱정하지 마십시오. 내 반드시 성의 북문을 깨트리고 말겠습니다.”

자신감을 내비치며 조소카베가 말했다.

“자, 그럼 다들 돌아가 일단 휴식을 취하도록 하세요. 동틀 무렵에 내 군호에 맞춰 일제히 공격합시다.”

회의를 마칠 무렵, 회의장 분위기는 시작했을 때와는 확연히 달라져 있었다. 침울한 기색은 더는 찾아볼 수 없었고, 모두 의욕에 가득 찬 얼굴을 하고 있었다.

중천에 떠 있던 보름달이 서쪽으로 조금 기운 시각이었다. 낮 동안 벌어진 전투의 참혹함이 널브러져 있는 성의 북문 아래쪽에 일단의 움직임이 일어나고 있었다. 조선군 차림을 한 왜군 50여 명이 어둠 속에 몸을 숨긴 채 낮은 포복으로 성의 북문을 향해 은밀히 접근 중이었다.

왜군들은 절대 서두르지 않았다. 소리도 내지 않았다. 켜켜이 쌓인 동료들의 시체를 은폐물 삼아 마치 비 오는 날 지렁이가 땅 위를 기어가듯 그렇게 움직여 나아갔다. 때문에 그 움직임은 더디고 더뎠지만, 성벽 위에서 알아차리기란 힘들었다. 그 방향을 지켜보는 이가 없어 더욱더 그러했다.

마침내 왜군들이 북문 바로 앞까지 다가섰다. 접근을 막는 공격은 고사하고, 경고하는 외침이나 북소리 따위조차도 없었다. 왜군들은 며칠간 자신들을 그렇게 괴롭히던 조선인들의 지독한 저항이 없는 것을 믿기지 않아 하며 북문 주위를 세심하게 살폈다. 역시 북문을 지키는 이는 어디에도 보이지 않았다. 심지어 튼튼한 밧줄 십여 개가 성벽 위에서 아래로 늘어져 있기까지 했다. 왜군들은 주저 없이 일제히 밧줄을 타고 위로 올랐다. 왜군들이 밧줄을 타고 성벽 위로 오르는 동안 위에서는 화살도, 돌덩어리도, 뜨거운 물도 없었다. 그렇게 조선군 복장을 한 왜군 50여 명은 아무런 저항도 받지 않은 채 너무도 쉽게 북문 위로 올랐다.

일단 성벽에 오른 왜군들은 주변으로 퍼져 성벽 위에 지쳐 곯아떨어져 있던 조선군과 백성들의 입을 틀어막고 단검으로 죽였다. 여기저기서 날카로운 단검이 사람의 생살을 찢어 가르는 소리가 들려왔고, 그 소리가 끝나기 무섭게 성벽에 기대 곤하게 잠을 청하고 있던 조선인들이 맥없이 앞으로 푹 고꾸라졌다. 문제가 될 만한 조선인들을 모두 처치한 왜군 일부는 조선군인 척 행동하며 태연하게 성문으로 이동해 빗장을 제거했다. 그렇게 북문을 무사히 점령한 왜군들은 성벽 위에 꽂혀 있던 횃불 하나를 뽑아 아주 은밀하게 흔들어 임무를 완수했음을 아래쪽을 향해 알렸다.

"장군! 신호입니다!"

북문이 올려다보이는 숲속에 대기하고 있던 제6군 대장 조소카베는 북문을 점령했다는 신호를 보고는 회심의 미소를 지었다.

"됐다! 동틀 무렵에 총공격한다! 절대 인정을 봐줘서는 안 된다! 조선인 생포는 절대 없다! 아이든 여자든 모두 죽여라! 알겠느냐!"

"네!"

조소카베는 이를 악물었다. 그도 그럴 것이 지난 8월 14일부터 개시된 공격에서 조소카베가 이끄는 제6군은 무려 5천 명에 가까운 전사자를 냈다. 제6군 규모가 1만 명인 것을 감안하면 제6군은 전투력을 거의 상실한 상황이나 진배없었다. 정말 어처구니없는 일이 아닐 수 없다 여겼다. 때문에 조소카베는 자신에게 지독한 모욕을 준 조선인들을 모두 죽여야 한다고 마음먹었다. 독기가 바짝 오른 조소카베는 투구와 갑옷을 가볍게 하고 직접 공격을 지휘하기 위해서 선두 부대를 향해 움직였다.

"장군, 시간이 되었습니다!"

공격 위치에 도달한 지 거의 4시간여가 흘렀을 때, 부장이 침묵을 깨며 조소카베를 향해 말했다. 조소카베는 고개를 돌려 동녘 하늘을 바라봤다. 새벽 여명이 하늘 위로 퍼지고 있는 중이었다. 동트기 직전 진한 어둠 속에 군사를 숨길 수 있기에 공격하기에는 안성맞춤인 시각이 아닐 수 없다고 조소카베는 생각했다.

"공격하라."

드디어 조소카베의 입에서 공격 명령이 떨어졌다. 지난번 공격을 통해 조선인들이 가지고 있는 화살이 떨어졌다는 것과 아군이 이미 북문을 점령하고 있다는 사실을 알고 있던 왜군들의 사기는 그야말로 하늘을 찌를 듯했다. 어떤 자들은 복수를 서슴없이 입에 담기도 했다. 공격 명령이 떨어지자, 마치 싸움을 앞둔 투견이 목줄이 풀린 듯 왜군들은 무기를 곧추세우고 함성을 내지르며 일제히 북문을 향해 내달렸다.

"왜군들이 몰려온다!"

북문과 동문 사이 성벽을 지키고 있던 백성 몇몇이 왜군들의 갑작스러운 공격을 알아차리고는 깜짝 놀라며 소리쳤다. 성벽 여기저기 시체처럼 쓰러져 새벽잠에 취해 있던 조선군과 백성들이 일제히 화들짝 놀라며 일어나 재빠르게 방어태세를 취했다. 그러나 그것뿐이었다. 그들에게는 쇄도하는 왜군을 향해 쏠 화살도, 굴릴 비격진천뢰도 없었다. 있는 것이라고는 돌멩이와 칼 그리고 무기로 쓰기에는 너무도 허약한 쇠스랑이나 곡괭이 같은 농기구뿐이었다. 숨 막힐 듯한 긴장감이 성벽 위를 휘감았다. 할 수 있는 일이 없기에 더욱더 그러했다. 그런데 그때였다. 갑자기 북문 쪽에서 큰 소란이 일었다. 모두의 시선이 북문으로 향했다.

"저게 도대체 어떻게 된 일이야?"

성벽 위에서 곧 있을 전투를 치르기 위한 전의를 다지고 있던 조선군과 백성들 사이에서 심각한 술렁거림이 일었다. 그도 그럴 것이 북문에서는 조선군들이 동료들과 백성을 마구 베고 있었기 때문이었다. 게다가 성안 곳곳으로 몰려다니며 중요한 건물에 불까지 질러대고 있었다. 불이 타오르며 매캐한 연기가 성의 내부를 뒤덮기 시작했다. 요란한 비명까지 간간이 들려오고 있었다. 술렁거림이 곧 공포로 변하기 시작하고 있었다.

"왜군이 북문을 깨트렸다!"

누군가의 외침이었다. 그러나 외침은 외침으로 끝이었다. 북문이 왜군에 의해 점령되었다는 소식에도 조선군과 백성들은 어찌할 바를 모르고 우왕좌왕할 뿐, 어떤 대처도 하지 않고 있었다. 이

유는 간단했다. 지휘를 해야 할 백사림이 야음을 틈타 도망을 쳤기 때문이었다. 지휘부가 없는 조선군과 백성들은 그야말로 지리멸렬이었다. 수천 명에 달하는 왜군들이 북문을 향해 쇄도하는 것을 그저 안타까워하며 바라볼 뿐이었다.

성내에 남아 있는 무기를 끌어 모으고 있던 유명개는 성의 북쪽에서 들려오는 소란에 신경이 쓰여 밖에 나와 있었다. 마침 자신이 수하로 부리고 있던 군졸 하나가 다급하게 뛰어왔다.

"군무장 나으리!"

"무슨 일이냐?"

"왜군들이 북문을 깨트렸습니다! 지금 북문을 통해 왜군들이 쏟아져 들어오고 있습니다!"

"……!"

유명개의 안색이 대번에 변하고 말았다.

"도대체 백 부사는 뭣을 하고 있었단 말이냐!"

"백 부사는 자신의 가족과 군졸들을 데리고 야음을 틈타 이미 도망쳤다고 합니다!"

"뭣이!"

순간 유명개는 자신의 눈앞이 캄캄해지는 것을 느꼈다. 두 다리도 후들거렸다. 머릿속은 마치 망치로 강타당한 듯이 아득했다. 북문을 돌파당한 이상, 왜군들이 성내로 진입하는 것은 시간문제였다.

"군량미에 쌓아놓은 장작에 불을 붙여라!"

유명개는 간신히 사전에 계획한 바를 떠올렸다. 왜군이 성내로 진입하면 군량미부터 태우기로 하고 그에 따른 준비를 해둔 상태였다.

"네!"

유명개는 수하들과 함께 군량미를 저장해둔 저장고에 쌓아둔 나뭇단에 직접 불을 붙였다. 곧 거대한 불길이 엄청난 양의 군량미를 태우기 시작했다. 진한 회색빛 연기가 곳곳에서 자욱하게 피어올랐다. 덕분에 성내의 혼란은 한층 더 했다. 그 불길을 곁에서 바라보는 유명개의 두 눈에서 하염없이 눈물이 흘렀다.

'백사림 이놈이 결국!'

일단 모든 군량미 창고에 불을 지른 유명개는 수하 수십 명을 데리고 북문을 향해 달려갔다.

북문을 통과한 왜군 제6군은 두 패로 나뉘었다. 한패는 성벽 위로 올라갔고, 또 다른 한패는 성 내부로 진입하여 조선인이라면 남녀노소를 가리지 않고 닥치는 대로 죽이고 불을 질러댔다.

성벽 위를 중심으로 벌어지던 전투는 이제 성 내부로 번져 곳곳에서 혼전이 벌어졌다. 단병접전에 강한 왜군을 상대로 조선군과 백성들은 별다른 저항을 하지 못했다.

"이놈들!"

그러나 분노와 적개심으로 똘똘 뭉친 일반 백성들은 왜군들에게 호락호락 당하고 있지만은 않았다. 백성들 중 힘 좀 쓰는 장정들은 칼과 도끼 같은 것을 휘두르며 기세등등한 왜군에게 대항했고, 연약한 아낙들은 낫과 호미 같은 농기구로 죽기를 각오하고 덤벼들었다. 그러나 그것은 불나방이 불에 뛰어들어 타 죽는 것과 다르지 않았다. 곧 성벽 위에는 찔리고 잘린 조선인들의 시체가 켜켜이 쌓이기 시작했고, 그 시체에서 흐른 피가 성벽을 따라 내를 이루어 아래로 아래로 하염없이 흘렀다. 그럼에도 불구하고 저항은 수그러들지 않았다.

가마솥을 끓이던 불붙은 장작이 왜군들을 향해 날아갔고, 목숨을 버릴 각오로 아낙 몇몇은 가까이서 왜검을 휘두르던 왜군을 껴안고 그대로 성벽 아래로 떨어져 내렸다. 성벽 아래에 드러난 황석산의 누런 바위가 금세 붉디붉은 핏빛으로 물들고 있었다.

칼을 휘두르는 조종도의 팔은 이제 더는 칼을 휘두를 수 없을 정도로 떨리고 있었다. 왜군은 베어도 베어도 꾸역꾸역 몰려오고 있었다. 성벽 아래에서 기어오르는 왜군은 차라리 상대하기 편한 편이었다.

북문 쪽으로 연결된 성벽을 타고 뛰듯이 달려오는 왜군은 도무지 막을 방법이 없었다.

서문을 중심으로 한 서쪽 성벽을 지키던 조선군과 백성들은 빠르게 무너져 내렸다. 게다가 성벽을 기어오르던 왜군들마저 속속 성벽 위로 올라 기존 북쪽에서 밀려온 왜군과 합세해 공격하는 통에 상황은 더욱 악화되었다.

"부인! 어서 피하시요!"

도저히 왜군을 막을 방법이 없다고 판단한 조종도는 자신의 아내인 전의 이씨에게 성 밖으로 빠져나갈 것을 강권했다.

"사방이 적으로 포위되어 있는 마당에 어디로 도망친단 말입니까? 게다가 나으리께서도 목숨을 내놓고 싸우고 있지 않습니까.

노첩도 함께 죽겠습니다."

"어허 부인!"

"너희들은 즉시 성 밖으로 피하도록 해라. 무슨 일이 있어도 조씨 집안의 제사가 끊어져서는 안 된다! 알겠느냐!"

성 밖으로 피신하라는 조종도의 권유를 끝내 물리친 전의 이씨는 아들인 조영호와 조영혼에게 성 밖으로 피할 것을 명했다. 그러나 조영호와 조영혼 또한 아버지의 곁을 지키고자 했다.

"너희들마저 여기서 죽으면 오늘 이 자리에서 목숨을 버릴 아버지와 나의 제사를 누가 모시겠느냐! 어서 피신하거라!"

전의 이씨는 피하지 않겠다며 완강하게 버티는 두 아들을 기어코 밀쳐 내듯 성벽 아래로 내려 보냈다.

"부인도 어서 피하시요! 여기도 이제 안전하지 못하오!"

조종도가 안타까워하며 전의 이씨에게 도망칠 것을 다시 한 번 권했다. 그러나 전의 이씨는 그것을 완강히 거부하였다. 그때 왜군들이 서문을 포위하고 몰려들었다. 상황이 더욱 다급해지자 조종도는 부인을 억지로 성벽 아래로 밀쳐내고는 칼을 다시 곧추 잡고 왜군을 향해 달려들었다. 곧 왜군 2명이 조종도의 칼에 맞아 고꾸라졌다. 왜군을 상대하느라 턱밑까지 차오른 숨을 토해내며 뒤를 돌아봤다. 전의 이씨의 모습은 보이지 않았다. 그때 다시 왜군들이 몰려들었다. 조종도는 화들짝 놀라며 칼을 휘둘렀다. 그러나 조종도의 지친 팔은 이미 손에 쥔 칼을 제대로 다루지 못할 정도로 기력이 쇠진해져 있었다. 곧 왜군의 검 하나가 조종도의 목을 향해 날아들었다. 조종도는 죽음을 직감하고 두 눈을 감았다. 그때 갑자기 요란한 금속음이 울렸다.

"깡!"

조종도는 감았던 두 눈을 떴다. 보니 도망친 줄 알았던 둘째 아들 조영호가 조종도를 향해 달려들던 왜군 세 명을 상대하고 있었다. 조종도는 힘을 다해 몸을 일으켜 아들인 조영호를 도왔다. 그러나 곧 더욱더 많은 왜군이 서문을 향해 밀려왔다. 조종도는 아들과 함께 저항했지만, 주위에는 살아 서서 저항하는 조선인들보다 죽은 조선인들이 훨씬 많았다. 결국 조종도는 조영호 등 조선군 및 백성 수십 명과 함께 수천 명에 달하는 왜군들에게 둘러싸이게 되었다. 곧 왜군 무리 뒤에서 화려한 장군 복장을 한 왜장이 앞으로 나섰다.

"이분은 흑전장전 장군이시다. 장군께서는 당신의 용맹함을 높이 사 투항하면 살려 주시겠다고 한다. 썩 칼을 버리고 무릎을 꿇어라!"

왜군의 통역이 나서서 제3군 대장 조소카베의 뜻을 전했다.

"내 어찌 왜적 따위에게 무릎을 꿇고 머리를 조아리겠느냐! 오직 싸울 따름이다!"

조종도는 싸울 뜻을 분명히 했다. 그 모습을 본 조소카베는 고개를 가볍게 끄덕인 후에 수신호를 보냈다. 곧 왜군 수백 명이 조종도와 조선인들에게 달려들었다. 조종도와 서문으로 몰려 있던 조선인들은 각자 무기를 휘두르며 맹렬히 저항했다. 그러나 그들의 저항은 수백 명의 왜군을 막기에는 역부족일 수밖에 없었다.

"윽!"

가장 앞에서 왜군을 막던 조종도는 왜군의 칼 수십 개를 맞고는 짧고 높은 신음소리와 함께 칼을 떨구고 이내 두 무릎이 꺾이며 무너져 내렸다.

"아버님!"

곁에서 싸우던 조영호가 깜짝 놀라 달려왔지만, 조종도는 두 눈을 부릅뜬 채 이미 숨이 끊어지고 난 뒤였다. 조영호는 온몸이 피투성이가 된 아버지의 주검을 안고 오열했다. 그 사이에 동생인 조영혼마저 아버지의 죽음에 분노하여 무모하게 칼을 휘두르다 왜군의 칼에 쓰러졌다. 곧 왜군 하나가 조영호를 향해 칼을 치켜들었다.

"멈춰라! 그놈은 전리품으로 데리고 갈 것이야! 살려라!"

그 광경을 멀찍이 떨어져서 보고 있던 조소카베가 조종도와 그 아들들의 사람됨이 훌륭하다 여기고 조영호를 특별히 생포하도록 했다. 대신 다른 조선인은 모두 죽이라 명했다.

"가자!"

서문을 성공적으로 장악한 조소카베는 제3군을 데리고 아직 군세를 유지한 채 맹렬하게 저항하고 있는 남문의 조선군과 백성들을 공격하기 위해서 이동했다.

"어서 빨리!"

조종도와 헤어진 전의 이씨는 황급히 남문 근처 성벽으로 내달렸다. 전의 이씨의 뒤로는 수백 명의 아낙이 따르고 있었다. 모두 살아서 왜군에게 욕을 당하지 않겠다 결심한 여인들이 대부분이었다. 개중에는 꽃다운 나이의 소녀와 이제 갓 소녀티를 벗은 처녀도 많았다.

"여기일세. 여기라면 깨끗이 죽을 수 있을 것일세."

전의 이씨가 성벽 아래를 굽어보며 혼잣말하듯 말했다. 내려 보는 것이 아찔할 정도로 높이 솟은 절벽 위에 지어진 성벽 아래에는 넓고 거대한 황석이 무리 지어 솟아 있었다. 만약 뛰어내린다면 사람의 목숨 따위는 간단하고도 깨끗하게 끊어질 게 분명했다.

'나으리, 노첩도 곧 뒤따를 것이옵니다!'

전의 이씨는 심호흡을 한 후에 성벽 끝에 올랐다. 뒤에서 아낙들이 흐느끼는 소리가 들렸다. 그러나 전의 이씨는 뒤를 돌아보거나 하지는 않았다. 누구도 강요할 수 없는 순간이라 여겼기 때문이었다. 하지만 전의 이씨의 결심은 단호했다. 왜군에게 결단코 더럽혀지고 싶지 않았다. 바람이 불어와 성벽 끝자락에 선 전의 이씨의 치맛자락을 사정없이 흔들어 댔다.

'천지신명이시여, 보잘것없는 저의 목숨을 바치오니 제발 이 조선 땅에서 무고하게 죽어가는 이들이 없도록 하여 주시옵소서.'

전의 이씨는 아득히 멀리 바라보이는 지평선을 향해 생의 마지막 염원을 빈 다음에 조용히 두 눈을 감았다. 귓전에 왜군들이 아귀처럼 달려드는 소리가 들려왔다. 일부 여인들이 비명을 질러대고 있었다. 그 소리에 전의 이씨는 감았던 눈을 뜨고 성벽 아래로 몸을 날렸다. 곧 아득하게 아래에 있던 황석이 점점 더 커져 보였고, 그 황석의 윤곽이 사라지고 황석의 누런색만 보인다고 여겼을 때 전의 이씨의 몸은 거대한 충격과 함께 튕겨져 올랐다가 다시 떨어졌다. 고통이 극심하게 느껴지다가 곧 아득해져 갔다. 의식이 점점 희미해져 갔다. 치켜뜬 눈 속으로 성벽 위에서 흩뿌려지는 곱디고운 꽃봉오리 수백 개가 자신의 위로 쏟아져 내리는 것이 보였다. 전의 이씨의 두 눈에서 눈물과 피가 뒤섞여 흘렀다. 꽃봉

오리는 바로 자신의 치마를 뒤집어쓴 채 뛰어내리는 아낙들이기 때문이었다. 하지만 그것도 잠시였다. 전의 이씨의 눈에는 세상의 그 어떤 풍광도 보이지 않았다.

새벽부터 시작된 치열한 전투는 끝이 났다. 해가 중천에 미처 다다르지도 못한 시각이었다. 성의 남문과 남쪽 성벽을 수비하던 약 2천에 달하는 조선군과 백성들은 모두 죽어 자빠진 채 성벽 위를 가득 뒤덮고 있었다. 성벽 위를 타고 흘러내린 피가 마치 폭포처럼 남문 아래로 흘러내리고 있었다. 치열한 남문 전투에서 살아남은 조선인은 이제 곽준이 유일했다.

'이제 칼을 든 자는 나뿐인 것인가?'

거친 숨을 몰아쉬며 곽준은 칼을 들어 자신들 앞을 가로막고 있는 왜군을 향해 겨누었다. 얼마 떨어지지 않은 곳에는 곽준의 아들인 곽이상과 곽이후가 숨이 끊어진 채 쓰러져 있었다. 왜군들이 두 아들의 시체를 짓밟으며 곽준에게 다가서고 있었다. 심장이 멎는 것만 같았다.

"이놈들!"

곽준이 분노하며 소리를 내질렀다. 그러나 왜군들은 전혀 개의치 않고 곽준을 향해 서서히 접근했다. 왜군의 얼굴에는 증오가 가득했고, 죽은 동료들의 복수심으로 심하게 일그러져 있었다. 공성 과정에서 죽고 다친 무려 4만이 넘는 왜군들의 복수 말이다.

"후우! 후우!"

자신을 향해 점점 다가서는 왜군을 상대로 생애 마지막 일전을 준비하려는 듯 곽준은 남문 성루를 떠받치고 있는 굵은 기둥에 등을 기대고서 거친 숨을 몰아쉬었다. 지칠 대로 지친 곽준의 입에서 거친 숨이 토하듯 뿜어져 나왔다. 손에 든 환도를 타고 왜군의 피와 자신의 피가 서로 한데 뒤섞여 흘러내리고 있었다.

'왜 이리 눈이 감기는고?'

왜군을 노려보던 곽준의 두 눈이 자꾸만 감기고 있었다. 힘겨웠다. 누구인지 모를 피에 젖어 바위처럼 무거운 두정갑을 걸친 몸뚱이를 지탱하는 것도 힘에 겨웠고, 이빨이 거의 모두 빠지다시피 한 환도를 사시나무 떨리듯 떨리는 양손으로 꼬나 잡은 채 왜군을 노려보며 서 있는 것도 힘겨웠다. 그러나 곽준은 이를 악물었다. 육십령을 넘어 전주성으로 향할 왜군의 수를 줄여야 했다. 그래야만 전주성에 기회를 줄 수 있다 여겼다. 그러기 위해서 단 한 놈의 왜군이라도 더 베어 거꾸러뜨려야만 했다.

"덤벼라!"

곽준은 마지막 힘을 끌어 올려 자세를 바로 했다. 살고 싶지 않았다. 부하들도 백성들도 모두 죽은 뒤였다. 더 살게 되면 욕을 보게 될 것만 같았다. 이제 자신의 차례라 여기며 칼을 쥔 손아귀에 있는 대로 힘을 가했다. 그래도 욕심이 있다면 지금 자신을 향해 다가서고 있는 왜군 5명을 저승길 갈 때 끌고 가는 것이었다.

"이야!"

곽준이 지쳐 전의를 상실했다고 여긴 왜군 몇몇이 선불리 칼을 꼬나 잡고 곽준에게 덤벼들었다. 곽준은 두 눈을 부릅뜨고 몸에 남아 있던 모든 힘을 칼에 모아 휘둘렀다. 그러나 곽준의 칼은 왜군들이 아닌 허공을 춤추듯이 가를 뿐이었다. 왜군들이 히죽거리며 곽준이 휘두르는 칼을 가볍게 피했다. 덕분에 곽준은 다리가 완전히 풀리며 크게 휘청거렸다. 그것을 본 왜군들이 너무도 간결하게 왜검을 휘둘렀고, 왜검은 정확하게 곽준의 팔과 다리 그리고 등을 베고 지나갔다.

"헉!"

곽준은 다리를 베임과 동시에 무릎을 꿇었고, 팔을 베이며 환도를 떨어뜨렸으며, 등을 베이며 두 눈을 부릅떴다. 곧 부릅뜬 두 눈속으로 얼마 떨어진 곳에 숨이 끊어진 채 쓰러져 있는 두 아들의 모습이 들어왔다. 곽준은 사력을 다해 오른손을 뻗었다. 마지막으로 두 아들의 부릅뜬 두 눈을 감겨주고 싶었다. 이름을 부르고 싶었지만 그러지 못했다. 몸의 모든 감각이 빠르게 마비되어왔다. 그렇게 두 아들을 향해 움직이기 위해 사력을 다하던 와중에 목덜미에서 금속의 서늘함이 느껴졌다. 순간 고개가 자신 의지와 상관없이 그대로 땅으로 떨어지는가 싶더니, 푸른 하늘이 빙글 돌아갔다. 그렇게 땅바닥과 하늘이 몇 차례 번갈아 보이는가 싶더니, 눈부시도록 푸른 하늘만 보였다. 그러나 푸른 하늘은 빠르게 검은빛으로 변해갔다. 그리곤 곽준의 눈에서 세상의 모든 빛이 영원히 사라져버렸다.

높은 황석산 정상에 위치한 황석산성에서는 더 이상의 함성도 포성도 그리고 비명도 들려오지 않았다. 다만 정상 부근에서 불어내리는 바람 속에는 진한 피비린내가 요동치고 있을 뿐이었다. 물론 피비린내의 주인공은 황석산성을 지키던 조선인만의 것은 아니었다.

근 4일간 황석산성을 점령하기 위해서 개미 떼처럼 험준한 황석산 자락을 오르던 왜군들이 흘린 피비린내 또한 포함되어 있었다. 그것을 말해 주기라도 하듯 산성으로 이어진 산자락에는 죽어 자빠진 왜군의 시체가 즐비했고, 그 시체에서 쏟아진 피가 인근 계곡이란 계곡은 모두 메운 채 사납게 흘러내리고 있었다. 또 8월 염천의 그 뜨거운 열기에 시체는 빠르게 부패했고, 죽은 자의 살이 썩어 내리는 그 역한 냄새는 피비린내와 합쳐져서 치열한 전투에서 살아남은 이들의 숨통을 옥죄고 있었다.

"장군, 성을 완전히 점령하였습니다."

가토를 대신해서 제2군을 지휘해서 남문을 공격했던 기하치로가 황석산성의 남문 아래쪽 평지에 마련된 진지(陣地)에 머물고 있던 가토에게 황석산성을 완전히 함락시켰음을 보고했다. 보고를 하는 기하치로의 몸은 온통 상처투성이였고, 심지어 갑옷마저 베어지고 찢겨져 있었다. 게다가 성을 점령했음을 알리는 기하치로의 얼굴은 어둡기 짝이 없었다.

"우…우리 피해는? 으……!"

기하치로의 보고가 끝나기 무섭게 가토가 다그치듯 물었다. 지난 14일에 곽준이 쏜 화살에 오른쪽 가슴을 관통당하는 부상을 당한 가토는 아직도 거동이 불편한 형편이었다. 그나마 한동안 계속되던 출혈이 이제 겨우 멈춘 상태였다.

"장군! 무리하시면 아니 됩니다! 출혈이 다시 시작될 수 있습니다!"

이제 겨우 아물기 시작한 가토의 상처가 다시 터질까 노심초사하고 있던 군의관이 화들짝 놀라며 가토를 진정시켰다.

"우리 군의 피해가 어떠하냐니까!"

가토에게 이제 황석산성의 함락 소식 따위는 안중에 없었다. 지금 산자락을 덮고 있던 시체는 거의 전부가 왜군 복장이었다. 대략 눈에 보이는 시체의 수만 어림잡아도 수천 명은 족히 되어 보였다.

"장군, 고정하십시오!"

"어서 말해 보란 말이다!"

분을 못 이긴 가토가 버럭 소리를 질렀다. 그러나 소리의 여운이 채 사라지기도 전에 가토는 자신도 모르게 화살을 맞은 오른쪽 가슴을 움켜쥐었다. 곧 두툼한 붕대 안쪽에서 물기가 느껴졌다. 멈췄던 피가 흘러나와 붕대를 온통 붉게 적시고 있었다.

"장군! 이러다가 큰일 납니다!"

곁에 있던 군의관이 화들짝 놀라며 가토를 의자 등받이에 다시 눕히려 했다. 그러나 가토는 군의관을 밀쳐 내며 기하치로를 향해 두 눈을 부라리며 왜군이 입은 피해를 보고하라 다그쳤다.

"공격에 나선 6만3천 중에 죽거나 다친 이만 3만6천입니다."

"뭣이!"

가토가 몸을 벌떡 일으켰다. 울산과 양산에서 출발할 때 편성된 왜군 우군의 수는 7만5천 명. 그중에서 고령성 공격과 대구에서 남하하는 조명연합군을 요격하기 위해서 별도로 분리된 군사의 수가 1만2천 명이었다.

결국 황석산성 공략에 동원된 왜군 우군 6만3천 명 중 절반이 넘는 왜군이 희생된 셈이었다. 자타가 공인하는 왜군 최고의 장수라 할 수 있는 가토가 받아들이기에는 너무도 충격적이고 치욕스러운 결과가 아닐 수 없었다. 흥분을 감추지 못하던 가토는 결국 그대로 앞으로 고꾸라지고 말았다. 놀란 기하치로와 군의관이 급히 가토를 부축해 군막 안으로 들어가 침상에 눕혔다.

"장군! 장군!"

극심한 흉통에 가토는 이미 혼절한 상태였다. 피가 빠르게 가토의 가슴에 덧댄 흰색 붕대를 붉게 물들이고 있었다. 군의관은 즉시 붕대를 풀고 출혈을 멈추기 위해서 처치에 나섰다.

"조…조…조선놈들을 모조리 죽여라! 단 한 놈도 살려두지 마라!"

의식을 잃어가면서도 가토는 기하치로에게 황석산성에서 싸우던 조선인을 모두 죽이라 지시했다.

"장군! 흥분하시면 안 됩니다!"

기하치로가 가토를 진정시키려 했지만, 가토는 이미 정신을 잃은 뒤였다.

막대한 희생자를 낸 끝에 황석산성 점령에 성공한 왜군 우군 총사령관 모리는 저녁 늦게 중요 지휘관 회의를 개최했다. 황석산성 점령이라는 당초 목적을 달성했음에도 불구하고 회의를 위해서 모인 왜군 우군(右軍) 수뇌부는 충격에 빠져 있었다. 예상을 훨씬 뛰어넘는 왜군 희생자의 수 때문이었다. 전사자 수가 거의 4만에 육박하고 있었고, 부상자 또한 그 수를 헤아리기 힘들 정도였다. 남은 군사 중 제대로 전투가 가능한 인원은 기껏 2만5천 정도에 불과했다.

전주성을 점령한 뒤에 도성으로 진격하는 것이 왜군 우군의 주요 임무이고 보면, 2만5천 정도의 병력으로는 정상적인 작전이 불가능하다고 해도 과언이 아니었다. 조명연합군과 제대로 전투를 치를 경우, 그 승패를 장담하기 힘든 상태였다.

"우리의 피해가 너무도 막심합니다."

분위기가 무거운 가운데 모리가 어렵사리 말문을 열었다. 그러나 모리의 짧은 외침에 가까운 말을 끝으로 곧 침묵이 흘렀다. 무섭도록 무거운 침묵이었다. 회의에 참석한 그 누구도 그 침묵을 쉽사리 깨려 하지 않았다.

"앞으로 어떻게 하면 좋겠습니까?"

답답함을 이기지 못한 모리가 다시 입을 먼저 열었다. 모리가 제4군 대장 나베시마와 제3군 대장 구로다를 차례로 응시하며 의견을 구했다.

"일단 가용병력을 최대한 수습해 전주성으로 움직여야 할 것 같습니다. 당장 전주성으로 가는 것은 무리입니다."

구로다가 깊은 한숨을 내쉬며 말했다.

"그렇습니다. 게다가 가토 장군까지 부상을 당한 상황 아닙니까. 군사들 사기가 완전히 바닥이에요. 이런 상태로 전주성으로 나아가다가 조선군이나 명군의 공격을 받게 된다면 정말 돌이킬 수 없게 될 것입니다."

나베시마 역시 군사들의 극심한 피로도를 지적하며 전주성 공격 일자를 좀 늦추더라도 전열을 재정비하자는 의견을 피력했다.

"본인 또한 두 분 장군의 의견과 같습니다. 가토 장군의 회복 속도를 보아가며 전주성으로 향하는 일정을 정하는 것이 필요할 듯합니다."

모리 또한 나베시마의 의견에 찬성했다. 군사들의 피로도가 극심한 것도 문제였지만 왜군 우군의 실질적이고도 상징적인 사령관인 가토의 부상은 부하들의 사기와 직결된 문제가 아닐 수 없었다. 때문에 군사들의 사기진작을 위해서라도 가토의 부상이 어느 정도 회복된 이후에 움직일 필요는 분명 있었다.

"장군님, 일단 고령성으로 나가 있는 제4군을 서둘러 귀환시켜 부족한 병력을 보충해야만 할 것 같습니다."

구로다가 모리와 나베시마를 번갈아 보며 말했다. 고령성으로 나가 있는 나베시마 장군 휘하의 제4군의 병력은 모두 1만2천 명에 달했다. 만약 제4군을 서둘러 귀환시킨다면 병력 부족에 대한 우려를 어느 정도 불식시킬 수 있었다.

"좋습니다. 당장 전령을 보내 나베시마 장군에게 회군토록 조치합시다."

그때 갑자기 군막 밖에서 요란한 말소리가 들리는가 싶더니, 거의 동시에 전령이 다급하게 군막 안으로 들어왔다.

"무슨 일이냐?"

모리가 불안한 기색을 드러내며 물었다.

"장군! 고령성 공략에 나섰던 제4군이 전멸했습니다!"

"뭣이! 전멸!"

전령의 보고에 충격을 받은 모리는 대번 안색이 창백해졌다. 1만2천에 달하는 대부대가 전멸을 했다니, 도무지 믿을 수가 없었다. 그러나 가장 충격을 받은 이는 나베시마였다. 고령성 공략에 나선 제4군을 지휘한 이가 자신의 친동생이기 때문이었다.

"내 동생은 어떻게 됐다고 하더냐!"

나베시마가 전령을 향해 언성을 높이며 물었다.

"현재 살아남은 군사 200여 명과 함께 퇴각 중이라고 합니다."

일단 동생이 무사하다는 사실을 확인한 나베시마는 안도의 한숨을 내쉬었다.

"큰일입니다. 제4군 1만2천이 궤멸했다니. 이번 전투에서 승리를 했다고 하나 실상은 패배나 마찬가지 아닙니까. 그런 마당에 제4군마저 조선군에게 대패했으니, 장차 이 일을 어쩌면 좋단 말입니까."

제6군 대장 조소카베가 당혹감을 감추지 못하며 말했다. 당초 7만5천의 왜군 우군이 단 2번의 전투로 인해 2만5천 규모로 줄어든 상황이었다. 무려 5만이 넘는 왜군이 목숨을 잃거나 부상을 당한 셈이었다.

"아무래도 제가 군사를 이끌고 동생을 데리고 와야겠습니다."

나베시마가 급히 자리에서 일어서며 말했다. 불과 200여 명에 불과한 군사를 이끌고 철수 중인 동생의 안전이 염려되어 그대로 있을 수 없다 여긴 탓이다.

"그렇게 하십시오. 이곳은 나와 나머지 장군들이 수습을 하고 있겠습니다."

모리가 나베시마의 요청을 수락했다. 나베시마는 인사도 없이 자리에서 일어나 그대로 군막을 빠져나갔다.

"불길합니다."

모리가 나지막이 말했고, 나머지 왜군 장군들 또한 고개를 끄덕이며 동의의 뜻을 나타냈다. 그리고 다시 군막에는 무거운 침묵이 감돌았다.

가토는 1597년 9월 7일, 제2군을 이끌고 충청도 진천 인근까지 북상해 있었다. 병력은 다시 1만 명으로 불어나 있었다. 왜군이 오기도 전에 명군과 조선군이 도망친 덕분에 전주성에 무혈 입성한 이후에 왜군 좌군으로부터 병력을 긴급 수혈 받은 결과였다.

"구로다 장군의 제3군이 패했다고?"

아직 부상에서 완전히 회복하지 못한 가토가 기하치로에게 물었다.

"네, 장군. 천안 인근 직산(稷山) 소사벌이라는 곳에서 명군과 교전 끝에 약 600여 명의 전사자를 낸 후에 퇴각했다고 합니다."

"지금은?"

"다행스럽게도 구로다 장군께서 전열을 재정비해 반격하여 결국 명군을 격퇴했다고 합니다. 지금은 퇴각한 명군을 추격할 준비를 하고 있고 말입니다."

기하치로의 보고를 받은 가토는 말없이 지평선만 바라보고 있었다. 그리고는 가느다랗게 한숨을 내쉬었다.

"이번 전쟁은 여기서 끝이다. 기하치로! 즉시 울산으로 퇴각한다."

"네?"

가토의 말에 기하치로가 깜짝 놀라며 되물었다

"우리의 전쟁은 이미 황석산성에서 끝났다. 남은 이들이라도 살려서 울산으로 퇴각해야 그나마 우리가 본국으로 살아 돌아갈 가능성이 조금이라도 높아진다."

"하지만 장군, 명군은 지금 한양 도성 쪽으로 도망치는 중입니다. 지금 추격한다면 내일쯤이면 명군을 도륙 낼 수 있을 것입니다. 그런데 퇴각이라니요. 그것도 울산으로 말입니다."

"우린 황석산성에서 군사도 잃었고, 사기도 잃었다. 그리고 자신감도 잃었다. 모두 잃었는데 뭘 가지고 전쟁을 지속한단 말이더냐. 이번 전쟁은 이미 우리가 패했어. 다만 아직 우리가 느끼지 못하고 있는 것뿐이다. 기하치로, 패한 전쟁에서 승리를 갈구하는 것은 실로 멍청한 짓거리야."

가토가 담담하게 말했다. 기하치로는 뭔가 더 말을 하려다가 곧 입을 닫았다.

"가서 모리 장군께 전해라. 나는 울산으로 퇴각하겠다고."

"네, 장군!"

기하치로는 즉시 말에 올라 그대로 모리 장군의 진영으로 달렸다. 가토는 자신의 의견을 모리에게 전달하기 위해서 말을 타고 평원을 가로질러 사라지는 기하치로를 바라보며 낮게 읊조리고는 자신의 가슴에 감긴 두툼한 붕대를 쓰다듬으며 씁쓸해했다.

'결국 황석산성의 7천 명 때문에 나 가토가, 우리 일본이 패한 것인가?'

"황석산성 전투에서 저는 포로가 되었습니다. 하지만 포로라기보다는 전리품으로 노획된 것이나 진배없었습니다. 덕분에 아버지가 왜군의 칼에 쓰러지는 것을 봐야 했고, 어머니가 성벽 아래로 몸을 던지는 것도 역시 봐야 했죠. 더불어 온 집안이 몰살당하는 것도……."

이야기를 마치고 황석산성을 내려다보는 조영호의 눈가에 두 줄기 눈물이 흘러내렸다. 곁에서 조영호의 이야기를 경청하던 노선비는 놀라움을 감추지 못했다.

"그렇다면 자네가 바로 정유년 전쟁 때 이곳에서 왜군에게 포로가 돼 일본으로 끌려갔다는 대소헌의 둘째 아들이신가?"

"그렇습니다."

"참으로 다행스러우이. 다행스러워. 헌데 사명당께서 왜국으로 끌려갔던 조선 백성을 데리고 귀국한 것은 지난 4월 즈음이었네. 어찌하여 자네는 이제야 돌아온 겐가?"

임진년과 정유년 전쟁이 끝난 뒤 7년 후인 1604년 8월에 선조의 명을 받고 일본으로 건너간 사명대사는 도요토미 히데요시의 뒤를 이어 일본을 장악한 도쿠가와 이에야스(德川家康)를 상대로 무려 8개월 동안 지루한 협상 끝에 조선인 포로 약 3천 명을 데리고 1605년 4월에 귀국하였다.

"사명당께서 왜국에 오셨다는 소식도, 또한 포로를 송환한다는 소식도 너무 늦게 들었습니다. 더군다나 제가 팔려 간 곳은 왜국의 외딴 지방의 번주(藩主)인 다이묘(大名)의 농장이었습니다. 욕심이 참 많은 자였지요. 그런 자가 노예를 풀어주라는 명을 제대로 들을 리 만무하지요."

"그럼 어떻게 풀려난 것인 겐가?"

"그 다이묘의 집안 대대로 공물을 바치던 절이 인근에 있었는데, 그 절의 스님 덕분이었습니다. 법호가 효봉(曉峰)이라는 스님이었지요. 우연한 기회로 그 스님에게 한학을 가르쳤고, 그것이 인연이 되어 지옥 같던 농장에서 벗어나 절에서 일하게 되었지요. 그렇게 1년여를 절에서 일하고 있었는데, 어느 날 그 스님께서 조선인 포로를 석방한다는 덕천가강의 명을 듣고는 다이묘를 설득해서 풀려나게 되었지요. 그게 7월이었습니다. 하지만 사명대사께서는 이미 조선인 포로들을 데리고 대마도를 떠나 귀국했더군요."

"고초가 많았나 보이."

노 선비가 씁쓸한 미소를 지어 보이며 먼 산을 바라보고 있던 조영호를 보며 말했다.

"딱 죽고 싶었습니다. 어두울 때 일어나 어두울 때가 되어서야 잠이 들 수 있었습니다. 지금도 그때의 상황을 악몽으로 꾸곤 합니다. 하지만 어머니의 마지막 유언 때문에 죽을 수도 없었습니다."

"유언?"

"조씨 가문의 제사가 끊기게 해서는 안 된다는 말씀 말입니다. 어머니께서는 그 말씀을 하시고는 다른 아낙들과 함께 절벽에서 뛰어내리셨지요."

"그랬구먼."

조영호와 노 선비는 잠시 아무 말 없이 황석산성을 내려다보고 있었다. 7년 전 7천의 조선 백성과 약 8만에 달하던 왜군의 대군이 피를 흘리며 서로를 죽이기 위해서 사력을 다하던 곳이라고는 믿을 수 없을 만큼 고요했다. 폐허가 되다시피 한 성안에는 바람에 흰 꽃을 피운 푸른 억새들만 조용히 흔들리고 있었다. 하지만 조영호의 머릿속에는 치열했던 당시의 전투 모습이 생생하게 떠오르고 있었다. 특히 성의 서문 위에는 목숨이 다하던 순간까지 왜군을 베어 넘어뜨리는 아버지가 피를 흘리며 서 있는 것만 같았다. 다시 눈시울이 뜨거워졌다.

“저곳인가? 자네 아버님이 쓰러지신 곳이?”

성의 서문을 바라보며 진한 한숨을 내 쉬는 조영호를 바라보고 있던 노 선비가 물었다.

“그러합니다. 저곳에서 왜군의 칼에 쓰러지셨지요.”

“참으로 안타까운 일이 아닐 수 없네. 그러나 아버님을 비롯한 7천 조선인의 죽음으로 이 땅의 전란을 막아냈으니 참으로 값진 죽음이 아니겠는가.”

“이 땅의 전란을 막아낸 이는 이 통제사가 아니옵니까? 만약 명량에서의 큰 승리가 아니었다면 어찌 이 땅에서 왜군이 물러갈 수 있었겠습니까.”

“아닐세. 그건 자네가 잘 모르고 하는 말일세. 이곳 황석산성에서 죽은 왜군의 수는 약 4만 이상이었네. 왜군으로서는 감당하기 힘든 피해였던 게지. 때문에 충청도 직산에서 명군에게 패한 왜군은 북상하여 명군을 추격 섬멸하지 않고 그대로 울산과 부산 그리고 사천으로 퇴각할 수밖에 없었던 것일세. 병력의 확실한 우위를 점할 수 없었을 테니까.”

뜻밖이었다. 조영호는 갑자기 노 선비의 정체가 궁금하지 않을 수 없었다. 보통 사람으로서는 밝힐 수 없는 견해가 분명했기 때문이었다.

“혹 노인장의 성함을 여쭈어도 되겠는지요?”

조영호가 조심스럽게 노 선비의 이름을 물었다.

“하하하. 이 늙은이의 이름은 알아서 뭐 하려고 그러는 겐가.”

"노인장의 말씀이 하도 예사롭지 않아서 그럽니다."

"과찬일세. 아무 뜻 없이 지껄인 말이었는데 말일세."

"참으로 훌륭한 고견이 아닐 수 없었습니다. 부디 성함을 일러 주시지요."

"그것참."

한참을 망설이던 노 선비는 조영호를 바라보며 말문을 열었다.

"그래 내 알려주겠네. 나는 안동 사람 류성룡이라고 한다네."

"예?"

노 선비의 정체를 알게 된 조영호는 당장 예를 갖춰 다시 인사를 올렸다.

"영상대감을 몰라 뵈옵고 큰 결례를 범했습니다. 부디 소인을 벌하여 주시옵소서."

"내 굳이 정체를 밝히고 싶지 않아 그런 것이니 너무 괘념치 마시게."

류성룡이 백발 수염을 어루만지며 말했다.

"헌데 대감께서 어찌 이 험한 곳까지 행차를 하셨습니까?"

조영호가 물었다.

"꽃을 보러 왔네."

"꽃이라니요?"

험준하기 짝이 없는 황석산 정상에 꽃을 보러 왔다는 류성룡의 말에 조영호는 의아해했다. 지금은 추석을 막 넘긴 8월 17일이었다. 따라서 가을 기운이 완연한 황석산 정상에서 피는 꽃 중에 노구의 류성룡이 산을 오르는 수고를 해가며 볼 만한 것은 없었다.

"아직 자네는 보지 못했구먼."

"그게 무슨 말씀이신지요?"

"잠시 나를 따르게."

류성룡은 지팡이에 의지해 산 정상 남쪽으로 걸어갔다. 조영호는 영문도 모른 채 그 뒤를 따라갔다. 앞서 걷던 류성룡이 곧 걸음을 멈추었다. 그곳은 성의 남문 쪽이 훤히 내려다보이는 곳이었다.

"저길 보시게."

걸음을 멈춘 류성룡이 정상 아래를 가리키며 말했다.

"……!"

류성룡이 가리키는 곳을 내려다보던 조영호는 뜻밖의 풍경에 깜짝 놀라고 말았다. 성문 남문 쪽 주변 숲과 산자락이 모두 새하얀 흰 빛으로 가득 차 있었기 때문이었다. 흡사 온 산천 가득 흰빛의 철쭉이 피어난 듯했다.

난생처음 보는 장관이 아닐 수 없다. 그런데 조금 이상했다. 흰빛이 조금씩 움직이고 있었기 때문이었다. 그랬다. 사람이었다. 흰색 옷을 입은 사람. 그 수는 1만도 더 넘어 보였다.

"나는 저 꽃을 보러 왔다네. 죽기 전에 꼭 보고 싶었거든."

류성룡이 빙긋 미소를 지어 보였다.

"저것은 꽃이 아니라 사람이 아니오니까."

"맞네. 사람이네. 모두 7년 전 오늘 죽어간 7천 명의 유족이라고 할 수 있겠지. 저들은 누가 시킨 것도 아닌데 8월 17일이 되면 날씨에 상관없이 모여 함께 제사를 지낸다네. 정녕 아름답지 않은가. 저 모습이 어찌 사람의 모습이겠는가. 차라리 꽃이 아니겠는가."

8월 17일은 수만 명에 달하는 왜군을 상대로 싸우다 죽어간 7천 조선인의 공동 기일이었다. 비록 태어난 날은 달라도 죽은 날은 동일했기에 죽은 이의 가족 모두가 모인 것이었다. 조영호는 몰랐다. 7년 동안 유족이 모여 한뜻으로 7천 조선인의 영혼을 달래고 있을 줄을 말이다.

"내 지금 다시는 전란으로 백성들이 허망하게 죽는 것을 막기 위해 책을 하나 쓰고 있는 중일세. 이름을 '징비록(懲毖錄)'이라 하였네. 그 책에 오늘 본 저 아름다운 꽃을 새겨 넣을 것일세. 해서 후세에 이곳 황석산성에서 숨져간 7천 명의 조선인의 죽음을 헛되이 하지 말라 이를 것일세. 내가 죽을 힘을 다해 이곳에 오른 이유이기도 하지."

"영상대감."

"자, 그럼 난 이만 내려가 보겠네. 아무래도 내가 무리를 좀 한 모양이야."

류성룡은 조영호의 어깨를 다독인 후에 곁에서 대기하고 있던 하인의 지게에 올라타고는 아주 천천히 산에서 내려가기 시작했다.

조영호는 그런 류성룡을 향해 고개를 숙여 예를 표했다. 그리고는 황석산성 전체로 퍼져나가고 있는 흰 꽃 중의 하나가 되기 위해서 서둘러 남문을 향해 내려갔다.

끝.

인연

봄기운이 완연한 1992년 3월의 어느 평범한 날의 오전이었다. 유난히 혹독한 겨울을 보낸 다대포는 바다에서 불어오는 매서운 해풍을 피해 종적을 감췄던 사람들의 움직임으로 슬슬 활기를 띄고 있었다.

겨우내 비어 있던 어항 주변의 공터에는 1년 어업의 첫 시작을 위해 널고 펼쳐 놓은 각종 그물과 어구를 손질하느라 어민들이 쉴 사이 없이 손을 놀리고 있었고, 때론 목 좋은 곳을 선점하기 위한 어민들 간의 가벼운 실랑이도 벌어졌다. 그러나 다대포의 느릿느릿하던 겨우내 묵은 분위기를 몰아내는 일등공신은 겨우내 잃었던 식구들의 입맛을 돋우기 위해 어시장 주변에 차려진 어시장을 찾은 주부들의 기웃거림이었다.

“이거 오늘 잡은 거 맞능교?”

그들은 마치 인사라도 하듯이 끝없이 펼쳐진 길거리 좌판 위로 뻔질나게 고개를 들이밀기를 반복하며 용케도 인접한 낙동강 하구로 새벽 조업에 나섰다 돌아온 작은 어선들이 풀어 놓은 소량의 해산물을 찾아내고는 싸게 살 구실을 찾기 위해 해산물의 상태를 요리조리 살피며 따져 묻는다. 그러다가 작은 흠이라도 발견하면 그때부터 그들의 질문은 더욱 집요해지다가 끝내는 어시장 아지매와 설전을 벌인다.

"아지매, 괜찮다 마."

"이기 어찌 괜찮는교? 눈이 있으면 함 보라카이."

설전은 나이 많은 주부일수록 나름 격렬했다. 그러나 그 격렬함 속에 노련한 예의가 숨어 있었다. 때문에 아무리 설전이 격해도 흥정이 깨지는 경우는 흔치 않았다. 하지만 해산물을 사려는 주부와 그것을 파는 어시장 아지매 간의 설전은 언제나 좌판에 엉덩이를 붙이고 앉아 팔기만한 어시장 아지매의 능숙한 타협으로 끝이 나곤 한다.

"아따, 아지매. 좋다 마. 내 이거 하나 더 끼아주께."

어시장 아지매는 주부의 구매 승인을 득하지도 않고 검은 비닐봉지를 하나 쑥 뽑아내 주부가 뭐라하기도 전에 재빨리 그가 찝찍거린 생선과 상품성이 현저히 떨어지는 생선을 교묘하게 골라내 담고 내민다.

"쪼매마 깎아주지."

엉겁결에 잔뜩 배부른 봉지를 받아 든 주부는 예상치 않은 무게감을 느끼며 흐뭇한 표정으로 지갑을 열고 기꺼이 속에 든 지폐를 꺼내 어시장 아지매에게 내민다.

"다음에 오면 잘해주께요."

그렇게 한바탕 설전의 결과는 대부분 서로의 이득으로 끝이 난다. 주부는 덤으로 생선을 한 마리 더 챙겨 기분 좋고, 어시장 아지매는 시장이 파할 무렵에 결국 떨이로 팔아치워야 할 생선 값까지 더해 받아 챙겼으니 기분이 좋았다.

"또 오이소!"

흥정을 성사시킨 어시장 아지매는 흐뭇한 미소를 지으며 또 다른 해산물을 사기 위해서 종종걸음 치는 주부의 뒤를 향해 인사를 잊지 않는다.

작년 7월 해양경찰 전경으로 입대한 이후에 군에서 맞는 첫 겨울을 흔히 'P'정이라고 불리는 30톤급 해양경찰형사기동정에서 보내고 불과 한 달여 전에 다대어선출입항신고소로 발령받아 왔다.

꿈에도 그리던 육상 근무는 제대를 앞둔 선임들로부터 들은 대로 숨 막혔던 함정생활과는 비교도 되지 않을 정도로 좋았다. 더 이상 뱃전을 넘어 들이닥치는 거센 겨울 파도를 뒤집어 쓸 일도 없었고, 정말 살을 엔다는 표현이 딱 맞을 정도로 손과 발을 트게 만들던 소금기 가득한 해풍을 피해 등을 돌리지 않아도 됐다. 그러나 무엇보다 좋은 것은 해양경찰 전경 생활과 함께 시작된 선임들의 새벽 얼차려로부터 벗어나게 됐다는 점이었다. 밑으로 쫄따구가 하나도 없던 이경 때는 모든 것이 미숙해 선임들로부터 영문도 모른 채 구타를 당했고, 일경으로 진급하고부터는 밑으로 들어 온 후임들이 저지른 실수와 잘못 때문에 구타를 당해야 했다. 어떨 때는 얼차려를 당하지 않으면 새벽에 잠이 오질 않았다. 사정이 이렇다보니 함께 입대하고 부산해양경찰서로 발령 받은 동기들 중 다시 함정으로 발령 받은 이들 중 일부는 해양경찰서에서 있었던 마지막 동기 모임 때 눈물을 훔치기도 했다. 그때 그런 그들에게 내가 전한 위로는 경찰서 내 마련된 매점에서 구입해 나눠준 초코파이가 전부였다. 하지만 신고소로 배치되어 육상근무를 시작하고 관할 다대포 지역 내 순찰 시간이 많아질수록 그런 기억들은 간간히 피식하는 코웃음을 치게 만들 정도로 점점 옅어져 갔다.

싱싱한 해산물을 어떻게 해서든지 싸게 사 가족에게 먹이려는 주부와 잡아 온 해산물을 비싸게 팔아 가족을 부양하려는 어시장 아지매 간의 흥미로운 설전을 뒤로하고 다시 순찰을 나서려던 나의 눈에 작달만한 키에 그다지 늘씬하지 않은 두 다리를 요란스럽게 드러낸 채 보온병을 싼 보따리를 들고 커피 배달을 마치고 다방으로 돌아가고 있는 중인 신고소 바로 옆 동아다방의 김 양이 보였다.

"헤이 김 양! 반가워!"

나보다 먼저 함께 순찰 중이던 신고소 최고참 박말태 수경이 김 양에게 큰 소리로 인사를 건넸다.

"그래, 오빠. 이따가 놀러와."

"알았다. 오라고 초대하는 데 안 가면 예의가 아니지."

내가 군대에 와 있는 걸까? 고참이 다방레지와 어시장 한 가운데에서 다정하게 인사를 주고받는 풍경을 몇 번 보기는 했지만 영 익숙해지지 않았다. 입대 전 인제에서 막 이병 생활을 시작한 대학동기가 보낸 편지에 위병소 보초를 서고 있는데 머리에 수건을 쓴 할머니가 바구니를 옆에 끼고 앞으로 지나가는데 순간 흥분이 되더라고 써 보낸 적이 있었다. 이유는 간단했다. 입대 후 처음 보는 민간 여자였기 때문이라고.

"아따 고거, 참 이쁘네."

해양고등학교를 졸업하고 원양어선을 타다가 해경에 입대한 박 수경은 행동과 말이 매우 거친 사내였다. 나를 비롯한 신고소 내 후임들에게 하는 대화의 거의 90%는 욕이라고 봐도 좋을 정도였다. 그런 그가 유독 김 양에게만은 대화의 100%를 얼굴이 화끈거릴 정도로 훈훈한 단어들로 채웠다. 물론 이유는 간단했다. 작업 중이기 때문이었다. 하지만 안타깝게도 김 양은 작업 당할 마음이 전혀 없었다. 얼마 전 신고소를 찾은 어민이 시킨 커피를 배달시킨 적이 있었다. 커피 주문은 박 수경이 언제나 동아다방으로 시켰고, 배달은 언제나 김 양이 왔었다. 그리고 커피 배달을 마치고 돌아가는 김 양을 배웅해 준다며 따라 나가 슬쩍 스킨십을 시도했다. 어민이 많이 찾는 신고소였기에 커피 매상도 쏠쏠했다. 때문에 다방 마담은 김 양에게 커피 주문 권력자인 박 수경에게 특별히 잘 하라는 지시가 내려진 상황이었다. 사정이 그렇다보니 김 양은 박 수경이 자신의 엉덩이를 거침없이 주무르는 데도 그저 생글생글 웃기만 하고 있을 뿐이었다. 언젠가 커피 배달 온 김 양이 신고소 앞에서 피우던 담배를 신경질적으로 땅바닥에 비벼 끄며 박 수경을 향해 "아이, 박 수경 새끼! 커피 좀 작작 시키지!"라고 말한 것을 들은 적이 있었다. 살벌하기가 박 수경 저리 가라였다. 나는 다방으로 돌아가고 있는 중인 김 양을 연신 힐끗 힐끗거리고 있는 중인 박 수경을 안쓰럽게 쳐다보며 속으로 너무 헛물켜는 거 아니냐며 혀를 찼다.

"대충 돌고 온나."

몸이 단 박 수경이 끝내 발정 난 수캐처럼 김 양을 쫓아갔다. 이제 곧 전역을 할 예정인 박 수경은 자신이 의무 복역 중인 군인 신분이라는 것을 잊은 것처럼 행동했다. 아직 전역이 까마득한 나로서는 부러운 자유분방함이 아닐 수 없었다.

"수고했다. 앉아서 좀 쉬어."

항내 순찰을 마치고 귀소하자, 신고소 내 서열 2위인 현시운 수경이 활짝 웃으며 맞아 주었다. 나는 쓰고 있던 모자와 차고 있던 방범 벨트를 풀어 보관대에다 집어넣고 내 자리로 가서 앉았다.

"그런데 박 수경님은?"

"안 오셨습니까? 아까 먼저 가셨습니다."

"또 다방에 가셨구만."

현 수경이 피식 웃었다. 박 수경과 함께 생활한지 그럭저럭 4개월이 넘어가는 현 수경은 박 수경의 동선을 속속들이 파악하고 있었다. 하긴 함께 생활을 시작한 지 이제 겨우 3주가 넘어가는 나조차도 파악할 수 있을 정도니 어쩌면 당연하다 여겼다. 그때 해양경찰서 망내 연결 전화가 울렸고, 현 수경이 전화를 받았다. 그런데 비교적 짧은 통화를 마치고 수화기를 내려놓는 현 수경의 표정이 그다지 밝지 않았다.

"무슨 일입니까?"

현 수경의 얼굴 표정에서 심상치 않음을 읽은 나는 자리에서 일어나 물었다.

"동아다방에 전화해서 박 수경님 빨리 오시라고 해라. 아니다

내가 직접 전화할게. 너는 방에 들어가 조 상경부터 깨워라."

야간 당직을 서고 아직 취침 중인 조상래 상경까지 깨우라고 하는 것을 보니, 상황이 꽤나 심각한 듯했다. 나는 서둘러 내무실로 들어가 조 상경을 깨웠다.

"왜?"

단잠을 방해 받은 조 상경은 간신히 눈을 뜨고 신경질적인 반응을 보였다.

"현 수경님이 깨우시랍니다."

"알았다. 금방 나갈게."

조 상경을 깨운 나는 사무실로 다시 돌아왔다. 와보니 박 수경이 돌아와 현 수경과 심각한 대화를 나누고 있는 중이었다. 곧 신고소 소장인 이원길 경사도 돌아왔다.

"마구로가 떴다고?"

마구로라는 말을 들은 나는 순간 귀를 의심했다. 마구로라면 참치를 가리키는 일어가 분명했다. 고작 참치가 떠올랐을 뿐인데 신고소의 모든 인원이 비상 대기한다는 것에 의아해 했다.

"네, 소장님. 장소는 목도 해변이랍니다."

"서에서 지원은?"

"기름 유출 사고가 발생해 거기 다 출동해 있어서 어렵답니다."

"할 수 없지. 박 선장한테 연락해."

이 경사의 지시에 현 수경이 책상 앞으로 걸어 가 수화기를 집어 들었다.

"박 수경님, 마구로가 뭡니까?"

내가 박 수경에게 마구로가 뭔지 물었다. 돌아가는 상황으로 봐서 마구로가 참치가 아닌 것만은 분명했다.

"시체."

시체라는 대답에 나는 속으로 적잖이 놀랬다. 사실 나는 그때까지 시체를 본 적이 없었다. 어릴 적 초상났다는 소식만 들렸다 하면 동네 아이들과 함께 초상집으로 우르르 몰려가 소고깃국이며 떡 따위를 얻어먹곤 했었지만 정작 주검은 단 한 번도 본 적이 없었다. 살인사건인가? 그때까지만 해도 나는 사건 수사에 투입되는 줄 알았다.

얼마 지나지 않아, 제법 큰 키에 다부진 체격을 가진 중년 남성이 신고소 문을 왈칵 열고 들어왔다. 박 선장이었다. 그는 다대포 해수욕장에서 은하호라는 낚싯배를 운영하고 있었다. 이 소장이 그를 반겼다.

"박 선장, 마구로 하나 건지러 가야겠다."

이 소장의 말을 듣는 순간 머리카락이 쭈뼛 곤두섰다. 시체를 건지러 간다고? 갑자기 어릴 적 초상집 풍경을 구경하며 느끼던 풍요롭고 느긋했던 기억은 온데간데없이 사라졌고, 대신 전설의 고향과 좀비 영화 속에 등장하던 섬뜩한 형상의 갖가지 시체들이 머릿속을 꽉 채웠다. 설마 내가 시체인양 작업에 투입되지는 않겠지? 나는 섣부른 낙관을 아예 기정사실화 하며 두 사람의 대화에 촉각을 곤두세웠다.

"형님은 꼭 그런 일에만 날 부릅니까?"

박 선장이 툭 불거진 두 눈을 무섭게 치켜뜨며 물었다.

"한 번 도와줘."

"그 한 번이 100번 넘은 거 알죠?"

"꼭 그렇게 계산기를 두들기며 말해야겠냐? 한 번에 척 오케이 하는 법이 없냐? 김씨 부르랴?"

이 소장이 싫으면 말라는 투로 말했다.

"또 봐라 또. 우리 형님 삼천포로 삐질라 하네. 알았어요, 알았어."

이 소장의 노골적인 협박에 박 선장은 마지못해 승낙했다. 마침 손님도 없던 차에 넉넉지는 않지만 용선료라도 받을 요량이었다.

"고맙다. 이 원수는 잊지 않으마."

"하지만 내 배에 태우는 건 안 돼요."

"늘 하던 대로 조 영감 목선 달고 가."

"그럼 난 가서 시동 켜 놓고 있을 테니까 얼른 오쇼."

박 선장이 신고소를 나가기 무섭게 신고소 안은 본격적으로 시체 인양을 위한 작업 준비로 분주해졌다.

"박 수경, 조 상경, 김 일경이 갈 거니까 준비해라."

시체 인양 조에 내가 포함되자, 나는 단숨에 공포에 사로잡혔다. 솔직히 죽은 사람을 만진다는 것이 여간 무섭지 않았다. 옆에 있던 현 수경이 그런 나의 심리를 파악한 듯 빙긋 웃으며 괜찮다며 어깨를 다독였다. 하지만 내 머릿속에서는 작업에 빠지기 위한 그럴싸한 핑계들만 끝을 모르고 떠오르고 있었다.

"이거 가지고 가서 필요한 것들 사와."

이 경사가 지갑에서 만 원짜리 몇 장을 꺼내 조 상경에 건넸다. 그것을 받아든 조 상경이 밖으로 나갔다. 나는 경직된 채로 그대로 서 있었다. 대신 준비는 박 수경과 현 수경이 했다. 둘은 시체 건진 경험이 많은 지 서로 죽이 잘 맞았다. 캐비넷에 들어 있던 방독면이 나왔고, 창고에 있던 로프와 비닐 그리고 방수포도 꺼내졌다.

“김 일경은 신고소 앞 공터 좀 치워라.”

나는 이유도 모른 채 밖으로 나와 이 경사가 시키는 대로 공터에 쌓여 있던 그물과 어구 그리고 각종 생선 상자들을 옆으로 치웠다. 공터는 빠르게 치워졌고, 이름에 어울리는 공간이 확보되었다. 하지만 내 머릿속에는 온갖 걱정이 쌓여 가고 있었다. 그 사이 조 상경이 팽팽하게 배가 부른 커다란 비닐봉지를 손에 들고 돌아왔다. 나는 조 상경을 따라 다시 안으로 들어갔다.

사무실 안으로 들어 온 조 상경이 비닐 봉투에 든 물건들을 끄집어내 원형 테이블 위에다 펼쳐 놓았다. 내용물이 특이했다. 1.8리터짜리 소주 1병, 안주꺼리, 고무장갑 3켤레. 고무장갑은 그렇다 치고 1.8리터짜리 소주 1병과 안주는 이해가 잘 되지 않았다. 그때 작고 호리한 체격의 남자가 문을 열고 사무실 안으로 들어왔다.

“최 경장 왔어?”

이 경사가 신고소 안으로 들어온 남자를 반기며 말했다. 최 경장은 목도에 떠오른 시체를 조사하기 위해서 해양경찰서에서 파견된 수사과의 수사관이었다.

“오랜만입니다.”

“오늘 수고 좀 해.”

“형님, 오늘 고스톱 어때요?”

“미쳤어? 시체 만진 놈하고 고스톱 치게. 그냥 지갑 달라 해라.”

“형님, 교회 다녀서 미신 같은 거 안 믿잖아요?”

"하나님과 성경 그리고 끗발은 내 믿는다."

"에이 오늘 꼭 쳐야 하는데."

"쓸데없는 소리 말고 빨리 애들 데리고 해수욕장으로 가. 가면 박 선장이 기다리고 있을 거야."

"알았습니다. 일단 다녀올게요."

나는 내게 할당된 물품을 챙겨들고 신고소 밖으로 나와 두 선임과 함께 최 경장의 승용차에 올라탔다.

"최 경장님, 마구로 상태가 어떻다고 하던가요?"

박 수경이 최 경장을 향해 넌지시 물었다.

"얼굴 식별이 안 될 정도래."

최 경장이 심드렁하게 대답했다. 순간 박 수경의 입가에 쓴 웃음이 지어졌고, 조 상경의 입에서는 진한 한숨이 새어 나왔다. 최 경장의 대답을 통해서 인양 대상 시체가 상당히 부패했다는 것을 알아차린 내 머릿속에서 드라마나 영화 속에 등장하던 썩은 시체들이 벌떡 일어나 걸어오는 장면이 상세하게 그려졌다.

내가 시체와 관련 된 온갖 상상을 하며 스스로를 숨 막히게 하고 있는 사이에 최 경장의 차는 곧 다대포에 있던 2개의 해수욕장 중 몰운대의 좌측에 있던 해수욕장으로 들어갔다. 낙동강 하구와 접해 있던 해수욕장과 달리 반대편에 위치해 있는 해수욕장에는 널빤지로 만든 기다란 선착장이 마련되어 있어 어선들과 유람선들이 주로 이용했다. 차에서 내린 나와 일행들은 선착장 끝에 매어져 있던 박 선장의 배인 은하호를 향해 바삐 걸어갔다. 선착장 위를 덮은 널빤지들이 걸을 때마다 삐걱거리는 소리를 내며 들썩거렸다.

"왔어?"

박 선장이 자신의 배를 향해 걸어오는 최 경장을 반겼다.

"뭘 그렇게 반깁니까? 내 얼굴 보는 날은 떠난 적도 없는 손님 하나 더 태우고 돌아오는 날인데."

"뭐여? 저승사자라도 돼?"

"황천강 오가는 뱃사공같이 하도 날 반겨서 하는 말입니다."

나는 박 선장과 최 경장 사이에 오가는 대화를 통해 이 둘이 심심치 않게 시체를 건져왔음을 미루어 짐작 할 수 있었다.

"다 탔어?"

배를 선착장에 결박하고 있던 로프를 모두 풀고 배에 오른 박 선장이 후갑판에 올라타 있던 나를 비롯한 나머지 일행을 향해 외쳤다.

"출발합시다!"

최 경장이 적당한 곳에 자리를 잡으며 외쳤다. 곧 박 선장은 조타실로 사라졌다. 이내 배가 요란한 엔진 음을 울리며 선착장에서 서서히 멀어졌다. 은하호가 선착장을 벗어나기 무섭게 우측으로 몰운대의 절경이 펼쳐졌다. 그러나 머릿속을 꽉 채운 시체와 관련된 상상들로 인해 그런 몰운대의 풍광은 내게 아무런 감흥도 주지 못했다. 곧 선수 앞쪽에 목적지인 목도의 희미한 실루엣이 보이기 시작했다.

"김 일경, 이리 앉아라!"

목도를 불안한 눈초리로 바라보고 있을 무렵 현 수경이 나를 불렀다. 뒤를 돌아보니 그는 이미 함께 들고 온 소주 큰 병과 종이컵 그리고 안주 따위를 갑판 위에다 펼쳐 놓고 있었다. 어라? 마시려고 가져 온 건가? 의외였다.

"자, 한 잔 받아라."

현 수경이 내가 자리를 잡고 앉기 무섭게 종이컵을 손에 쥐어주며 소주를 가득 부었다.

"쭉 마셔라."

나는 현 수경이 시키는 대로 단숨에 컵에 담긴 소주를 속에다 털어 넣었다. 그 사이 현 수경이 조 상경에게도 소주를 한 잔 부어줬다.

"한 잔 더 해라."

현 수경이 비워진 내 잔을 다시 채우며 마실 것을 권했다. 나는 다시 소주를 들이켰다. 술을 그리 즐기지 않는 편인 나는 역한 소주 냄새를 참아가며 그렇게 연거푸 넉 잔의 소주를 마셨다. 그런 내 모습을 바라보며 현 수경이 씩 웃어 보였다. 조 상경도 웃었다. 뭐지? 소주의 역한 기운을 달래기 위해 안주 삼아 꺼내놓은 새우깡을 씹으며 나는 두 선임들의 묘한 시선을 의아해했다.

"좀 더 취해야 된다. 나도 그랬다."

조 상경이 자신의 두 번째 소주잔을 비우며 말했다. 조 상경의 웃음에는 왠지 모를 여유가 느껴졌다. 부러웠다. 도대체 나는 시체를 몇 구나 건져야 조 상경같이 여유로워질 수 있을지 도무지 감이 잡히질 않았다.

"빨리 마셔라."

아직도 부족하다 느꼈는지 현 수경이 자꾸만 내게 잔을 비울 것을 채근했다. 나는 시키는 대로 연거푸 잔을 비워댔다. 피보다 알콜 농도가 높아졌는지 정신은 또렷했음에도 몸이 어눌해졌다. 취기가 충분히 오르기도 전에 1.8리터나 되는 소주병이 비워졌다. 반 이상을 내가 마셨고, 병 속에 든 취기 역시 반 이상이 내게 옮겨 담겨졌다. 그러나 정신은 여전히 멀쩡했다. 그게 사람을 더 미치게 했다.

"야, 쫄따구 술 그만 먹여. 그러다가 바다에 빠져 익사하겠다."

그동안 멀미를 참기 위해 먼 바다를 주시하며 갑판 한 구석에 웅크리고 앉아 있던 최 경장이 몸을 일으키며 말했다. 그것을 본 현 수경 역시 몸을 일으켰다.

"조 상경, 준비하자."

몸을 일으켜 세우는 현 수경과 조 상경을 따라 나도 일어서려 했다. 그러나 취기에 사로잡힌 나는 배의 흔들림을 견디지 못하고 다시 주저앉고 말았다. 보다 못한 조 상경이 그대로 앉아 있으라고 말하고는 서둘러 조촐한 술판을 대충 정리했다. 어느새 목도가 희미한 실루엣이 아니라 거대한 산처럼 크고 분명히 보였다. 나는 근처에 있던 철제로 된 캐노피 지지 기둥을 붙잡고 겨우 몸을 일으켰다. 그 사이 은하호는 시체가 있다고 신고 된 지점을 향해 천천히 선회하고 있었다.

"저기 있다."

현 수경이 온통 바위와 자갈로 뒤덮인 해안가 한 곳을 손으로 가리키며 말했다. 시체가 보인다는 소리에 바짝 조바심이 난 나는 쓰고 있던 안경을 고쳐 쓰고 현 수경의 손가락이 가리키는 방향을 살폈다. 하지만 어디에도 시체는 보이지 않았다.

"잘 안 보이지? 저기 자갈 해변 앞쪽에 있네. 남자네"

아직 시체를 발견하지 못한 나를 위해서 현 수경이 시체의 위치를 보다 구체적으로 알려줬다. 게다가 성별까지도. 곧 나의 눈에도 물살에 천천히 흔들리고 있는 허연 물체가 보였다. 한눈에 보기에도 상태가 좋아 보이지 않았다. 은하호가 좀 더 앞으로 다가서자 시체의 모습은 보다 선명하게 보였다. 이제는 아예 물에 불을 대로 불은 한 마리 돼지처럼 보였다.

"터지겠다. 터지겠어."

시체를 본 최 경장이 미간을 잔뜩 찌푸리며 한마디 했다. 생전에 입었을 바지와 팬티는 잔뜩 늘어진 상태로 무릎 부근까지 내려와 있었고, 티셔츠는 부패로 인해 폭발할 듯이 팽팽해진 복부에 밀려 겨드랑이까지 말려 올라간 상태였다. 저걸 내가 건진다고? 출발 직전 움트기 시작한 두려움에다가 역겨움까지 더해져 간신히 취기로 마비되어 있던 온몸의 감각기관과 신경들이 아우성쳐댔다.

"암초 때문에 더 이상 못 간다."

해안가 가까이 배를 붙이려다 실패한 박 선장이 적당한 곳에 배를 세우고 외쳤다.

"아무래도 저 양반 이리 끌고 와야겠다."

최 경장이 심드렁하게 말했다. 순간 현 수경과 조 상경이 나를 돌아다봤다. 순간 나는 그토록 많은 소주를 마셔야 했던 또 다른 이유를 깨달았다. 바로 시체에 손댈 만용을 일깨우기 위해서였던 거였다. 덕분에 그때까지 들이킨 소주의 취기가 흔적도 없이 싹 사라지는 것 같았다. 갑자기 아직 입가에 남아 있던 소주 향이 시체 썩은 내처럼 느껴졌다. 구토가 밀려와 목구멍 언저리를 괴롭혔다.

"김 일경, 가서 이 끈을 시체 두 다리에 묶어라."

현 수경이 친절하게도 검은 봉지에 담겨 있던 노끈 뭉치를 꺼내 그 한쪽 끝을 내게 건네며 말했다. 나는 대답과 함께 얼떨결에 노끈을 받아들었다. 그러자 옆에 있던 조 상경이 방독면을 꺼내 내게 건넸다.

"냄새가 흉악할 거다."

나는 군말 않고 안경을 벗고 조 상경으로부터 받은 방독면을 뒤집어 썼다. 그리고는 조심스럽게 선수로 향했다. 선수에 서서 밑을 내려다 보니, 뛰어내려야할 지점의 물속 깊이가 도무지 가늠이 되질 않았다. 어떻게 하면 좋을지 잠시 망설였다. 보다 못한 현 수경과 조 상경이 내가 선수 아래로 내려 설 수 있도록 나의 두 팔을 양쪽에서 잡아 주었다. 그때 속으로 생각했다. 차라리 떠밀어 달라고. 순간 인당수에 빠져야 했던 심청이의 심정이 이해됐다.

곧 두 사람의 손에 의지해 나는 수면을 향해 뛰어내렸다. 몸이 수면에 닿기 무섭게 주변으로 물이 튀었다. 다행히 내려선 곳 아래에 여유가 있은 탓에 물은 가슴께까지 차올랐다. 안도한 나는 앞으로 한 발을 내딛었다. 순간 발이 아래로 푹 꺼져 들어갔고, 곧 바닷물이 방심한 내 얼굴을 사정없이 적셨다. 덕분에 수압을 이기지 못한 방독면이 위로 밀려 올라가며 바닷물이 안으로 쏟아져 들어왔다. 깜짝 놀란 나는 본능적으로 팔과 다리를 저어서 수면 위로 몸을 띄웠다.

"김 일경, 괜찮겠나?"

무용지물이 돼 버린 방독면을 내게서 받아 든 현 수경이 걱정스럽게 물었다.

"괜찮습니다."

상의에서 안경을 꺼내 쓴 나는 천천히 물살을 가르며 시체가 떠 있는 곳을 향해 나아갔다. 봄에 접어든지 얼마 되지 않은 시점이라 수온이 매우 찼다. 그나마 다행이라면 소주의 취기가 바닷물의 한기를 어느 정도 누그러뜨렸다.

곧 걸어도 될 만큼 수심이 얕아졌다. 나는 유영을 그만 두고 걷기 시작했다. 몇 걸음 걷기도 전에 순간 난생 처음 맡아보는 악취가 콧속을 쑤욱 디밀고 들어왔다. 숨이 턱 막혔다. 자연스럽게 손이 입과 코를 가렸다. 시체 썩은 내였다. 예상보다 더 지독한 악취에 당황한 나는 시체의 상태를 보다 면밀히 살피기 위해서 쓰고 있던 안경을 벗어 표면에 하얗게 낀 소금기를 닦아내고는 다시 썼다. 덕분에 흐물거리며 물결을 따라 천천히 해변 쪽으로 흘러가고 있는 중인 시체가 선명하게 보였다. 계속 입 밖으로

"미치겠네!"

말 그래도 미칠 판이었다. 내딛는 발걸음이 많아질수록 시체의 기괴한 모습은 더욱 선명해져 갔고, 풍기는 썩은 내는 더욱 심해졌다. 피부는 물에 불대로 불어서 금방 잡아 놓은 돼지처럼 창백하기 이를 데 없었고, 얼굴은 부풀대로 부풀어 올라 이목구비가 도무지 구분되질 않고 있을 정도였다. 뜯겨져 나간 입술 아래 보이는 가지런히 드러난 이빨로 얼굴의 위아래가 겨우 구분이 될 정도였다. 도저히 사람의 주검이라고 볼 수 없을 정도였다. 나는 생각했다. 좀비영화나 전설의 고향에 등장하는 시체의 고증이 틀렸다고. 그런데 묘한 사실을 하나 깨달았다. 시체의 성별이 남자였다. 현 수경은 가까이 와 보지도 않고 어떻게 시체의 성별을 알았

을까? 궁금했다. 그때 뒤에서 부르는 소리가 들려 돌아봤다. 은하호가 비겁자처럼 멀찌감치 떨어진 채 여유롭게 흔들리고 있었다. 그때 조 상경이 줄을 빨리 다리에 묶으라고 소리쳤다. 너 같으면 이걸 다리에 묶겠냐? 누군가 그랬다, 쫄따구가 싫으면 할매 거시기로 나와 빨리 입대하지 그랬냐고. 선임들의 채근은 계속됐다. 더 머뭇거리다가는 자칫 밤에 얼차려를 당할 수도 있었다. 덕분에 용기를 낸 나는 좀 더 앞으로 걸어가 적당한 곳에 자리를 잡았다. 손에 끼고 있던 고무장갑이 행여 벗겨질 까 단단히 고쳐 낀 나는 천천히 시체를 향해 손을 뻗었다. 시체로 향하는 손이 부들부들 떨렸다.

'제발 벌떡 일어나지 마라.'

눈앞의 시체가 몸을 벌떡 일으키는 기적 따위는 일어나질 않기를 간절히 바라며 나는 호흡을 멈추고 시체의 발에 신겨진 한쪽 양말 끝을 슬며시 손으로 집어 당겼다. 이게 왜 이래? 그런데 웬일인지 시체는 꼼짝도 하지 않았다. 나는 더욱 힘을 가했다. 순간 양말이 쑤욱 벗겨졌고, 덕분에 나는 균형을 잃고 뒤로 벌러덩 넘어졌다. 잠시 얼굴이 수면 아래로 잠겼다가 떠올랐고, 바닷물이 얼굴에서 흘러내리기도 전에 시체에서 벗겨진 양말이 눈언저리에 착 달라붙었다.

"으악!"

뜻하지 않은 봉변에 나는 소리를 지르며 얼굴에 붙은 양말을 황급히 떼어내고는 안경을 쓴 채로 세수를 해댔다. 손바닥으로 기름기가 느껴져 미친 듯이 세수를 해댔다. 그런데 그때 뭔가가 허벅지를 툭 하고 치는 느낌이 들었다. 동작을 멈추고 아래를 내려다 봤다. 시체의 머리가 허벅지를 툭툭 치고 있었다. 바로 위에서 내려다본 시체의 얼굴은 끔찍했다. 눈살이 절로 찌푸려졌다. 기억 속에 시체의 얼굴이 각인되는 것이 두려워 얼른 고개를 돌렸다.

"빨리 묶어!"

선임들이 다시 한 번 채근했다. 들려오는 소리에 선임들의 목소리에서 화기가 느껴졌다. 내키지 않았지만 다시 고개를 돌렸다. 순간 나는 얼어붙고 말았다. 콧마루가 통째로 사라진 덕분에 훤히 들여다보이는 비강 주위 근육들이 실룩이는 거였다. 잘못 봤나? 고개를 더 깊이 숙였다. 그때 꿈틀거리는 비강 근육을 헤집고 뭔가 툭 튀어나왔다. 십여 마리의 갯강구 무리였다. 그 끔직한 움직임에 혼비백산한 나는 뒷걸음치다 그대로 뒤로 쓰러졌다. 이번에는 수심이 제법 깊었다. 순식간에 몸이 수면 아래로 푹 잠겼다. 나는 허우적거렸다. 바닷물이 사정없이 코와 입 속으로 밀려 들어왔다. 공포에 질린 탓에 수심의 깊고 얕음은 의미가 없었다. 공포는 내가 익힌 수영기술을 깡그리 잊히게 했다. 몸이 점점 더 수면 아래로 잠겼다.

"……!"

그때였다. 허우적거리던 내 손에 뭔가 잡혔다. 매우 익숙한 굴곡이었다. 나는 손에 잡힌 것을 본능적으로 움켜쥐었다. 분명 사람의 손이었다. 속으로 안도했다. 내가 물속에서 허우적거리는 것을 본 은하호의 누군가가 기어이 와준 것이라 여겼다. 이내 지지할 곳이 생긴 나는 빠르게 안정을 되찾았고, 곧 자세를 바로하고 두 발을 아래로 내딛었다. 곧 발이 단단한 바닥에 닿았다. 그러자 모든 것이 평상시로 돌아왔다. 겨우 몸을 바로하고 보니 고개가 물 밖으로 나왔다.

"김 일경, 괜찮나!"

은하호에서 고함소리가 들려왔다. 나는 뒤를 돌아봤다. 그런데 은하호에 탑승해 있는 사람 수는 여전히 4명이었다. 이럴 리가? 분명 누가 내 손을 잡았는데? 나는 서둘러 여전히 뭔가를 쥐고 있던 왼손을 향해 고개를 돌렸다.

"으악!"

왼손에 잡혀 있는 것은 놀랍게도 시체의 오른손이었다. 소스라치게 놀란 나는 왼손을 힘껏 뿌리치고 뒤로 물러섰다. 심장이 쿵쾅거렸다. 이럴 리가 없다! 분명 살아 있는 사람의 손길이었어! 분명히! 나는 잠시 그 자리에 멈춰 서서 다시금 천천히 해변으로 떠밀려가는 시체를 쳐다봤다. 시체는 마치 재난 현장에서 숱한 사람들의 목숨을 구하고 할 일을 했다는 듯이 시치미 뚝 떼고 사라져가는 의인처럼 해변을 향해 천천히 떠밀려가고 있었다. 감당키 어려운 경험을 하고 난 나는 당혹감에 사로잡힌 채 우두커니 서 있었다. 다시 봐도 분명 썩어문드러진 시체였다. 그러나 손에 닿는 느낌은 마치 살아 있는 사람이 분명했다.

"김 일경, 빨리 끌고 와!"

현 수경의 목소리에 묻은 짜증에 가까스로 정신을 차린 나는 앞으로 걸어가 다시 한 번 조심스레 시체의 발을 잡았다. 그런데 놀라웠다. 겉으로 보기에는 썩어 문드러져 잡기만 하면 그대로 뭉텅 살이 떨어져 나올 것만 같은 시체의 발은 너무도 단단했다. 꼭 살아 있는 이의 발을 쥐는 것 같았다. 신기하게도 몸을 마비시키던 공포감도, 썩은 내로 인한 역겨움도 조금씩 진정돼갔다. 대신 동정심이 일었다. 눈앞에 떠 있는 시체가 더 이상 썩은 고깃덩어리로 보이지 않고 사람으로 보이기 시작했다. 그래, 사람일 뿐이구나. 시체가 아니라 죽어 있는 사람. 심호흡을 한 차례하고 난 나는 근처에 떠 있던 노끈을 잡아 당겨 그것으로 시체의 두 발을 정성껏 묶었다. 노끈을 묶는 손은 더 이상 떨리지 않고 있었다.

"됐습니다!"

시체 인양 준비를 마친 나는 은하호를 향해 신호를 보냈다. 곧 은하호에 연결된 노끈이 팽팽해지기 무섭게 시체는 은하호를 향해 서서히 움직이기 시작했다. 기이한 경험을 한 이후 빠르게 안정을 되찾은 나는 시체의 어깨를 밀며 앞으로 나아갔다.

"조심해!"

은하호 바로 앞까지 당겨진 시체는 나와 현 수경 그리고 조 상경이 한바탕 씨름을 하고 나서야 겨우 목선 위에 실렸다. 최 형사가 사진을 몇 장 찍고 미리 준비해간 광목천으로 시체를 덮는 것으로 인양 작업은 마무리 되었다.

"이제 갑시다!"

최 형사가 시체 보기 싫다며 조타실에 숨어 있던 박 선장을 향해 외쳤다. 곧 은하호는 엔진 소리를 울리며 다대포를 향해 달려 나가기 시작했다.

"김 일경, 고생했다."

현 수경이 바닥에 주저앉아 은하호에 의해 끌려오고 있는 목선을 바라보고 있던 나를 다독였다. 그때 문득 현 수경이 가까이 가 보지도 않고 시체의 성별을 어떻게 알았는지 궁금해져 물었다.

"나도 여기 와서 들은 건데, 일반적으로 사람이 물에 빠져 죽으면 한 1주일 정도 물 위에 떠 있다가 가라앉는다고 하더라. 그러다가 한 달 정도 뒤에 다시 떠오르는데 말이야, 남자는 하늘을 보고 떠오르고, 여자는 등을 보이고 떠오른데."

"그래서 알았군요."

"뭐 남자는 양이고, 여자는 음이라서 그렇데. 뭐 누구는 여자가 원래 죄가 많아 하늘을 쳐다 볼 수 없어 그렇다 하기도 하고."

시체를 벌써 10구 이상 건진 현 수경은 지금까지 그 이야기가 틀린 적은 없었노라고 말해주었다. 배 안으로 들어가 경찰서에 시체 인양 보고를 하고 나온 최 경장이 현 수경의 말에 설명을 덧붙였다.

"해저에 가라앉아 있던 시체는 49일이 되기 전에 한 번 떠오른대. 하지만 그렇게 한 번 떠오른 시체가 다시 가라앉으면 두 번 다시 떠오르지 못한다고들 하지. 이건 나도 들은 이야기지만 그렇게 떠오른 시체 중에 인연이 남은 시체는 그 인연과 연결된 끈으로 가라앉지 않고 떠 있다가 결국 인연을 만나 집으로 돌아간다고 하더군. 물론 뱃사람들의 미신이겠지만."

최 경장의 이야기를 들은 나는 고개를 끄덕이며 은하호에 의해 견인되어 뒤따르고 있는 목선을 쳐다봤다. 나도 그 인연 중의 하나일까?

이윽고 은하호는 신고소 바로 앞 선착장에 다다랐다. 주위에 있던 많은 소형 어선들이 시체가 들어온다는 소식을 듣고 흔적도 없이 흩어진 후였다. 덕분에 하선 작업은 쉬이 이루어졌다. 그러나 당초 시신을 곧장 인수해가겠다던 부산시립묘원 측에서 영구차를 다음 날 새벽에 보내겠다고 연락해 왔다. 이 경사는 시체도 차

별한다며 투덜거렸다. 덕분에 별 수 없이 시체는 신고소에서 꼬박 하루를 보내게 됐다.

“앞으로 이 시체는 어떻게 됩니까?”

나는 함께 시체를 덮은 광목천 위에다 바람에 날리지 않도록 큼지막한 돌을 올려놓고 있던 조 상경에게 물었다.

“신분증도 없고, 지문도 채취할 수 없으니까 불상 처리돼 결국 화장되겠지 뭐.”

조 상경의 말을 듣는 순간 나는 시체가 참 안됐다는 생각이 들었다. 분명히 숨진 직후 가족의 배웅을 받지 못해 이승을 떠돌던 혼이 자신에게 남겨진 실오라기 같은 인연을 끈 삼아 육체를 간신히 수면 위로 끌어 올렸을 터였기 때문이었다.

“들어가서 좀 쉬자.”

시체가 편안하게 밤을 지새울 수 있도록 준비를 마친 나는 조 상경을 따라 신고소 안으로 들어갔다. 안에는 현 수경이 시체를 건져내는 동안 벌어진 소동을 과장해가며 박 수경에게 떠들고 있는 중이었다. 그런 와중에 내가 신고소 안으로 들어서자 박 수경은 배를 잡고 웃었다. 나도 덩달아 웃었다. 솔직히 일을 마치고 여유를 찾고 보니, 내가 생각해봐도 여간 웃기는 풍경이 아니었다.

그날 저녁이었다. 밤 10시부터 새벽 2시까지 당직을 맡은 나는 혼자 신고소 사무실에 앉아 있었다. 컴퓨터가 없던 시절이었다. 눈요깃거리라고는 박 수경이 빌려다 놓은 만화책이 전부였다. 연신 시체가 있는 방향으로 눈을 힐끔거리며 만화를 보고 있는데, 갑자기 낡은 경첩 소리가 나며 신고소 문이 천천히 열렸다. 곧 서늘한 바닷바람이 내부로 밀려 들어왔다. 나는 본능적으로 시계를 쳐다봤다. 젠장! 12시네! 이 늦은 시간에 누구지? 고개를 들고 문쪽을 쳐다봤다. 출입문을 열고 들어선 이는 신소고 앞마을에 살고 있던 무당 할머니였다. 눈매가 여간 매섭지 않은 할머니였는데, 그날따라 이상하리만치 머리와 옷을 단정히 하고 있었다.

"무슨 일이세요?"

나는 조심스럽게 신고소 안으로 들어선 할머니에게 방문 목적을 물었다.

"시신이 들어왔다면서?"

"네."

"자, 이거 받어."

할머니는 다짜고짜 손에 들고 있던 까만 봉지를 내게 내밀었다. 받고 보니 양초였다.

"원래 밤을 지새우는 시체 머리맡에 초를 켜둬야 하는 거여. 그래야 망자의 혼이 온전히 저승으로 갈 수 있는 겨."

"거긴 어두워서 할머니가 갈 수 없어요."

"그러니까 자네한테 이걸 주지."

나는 몸이 얼어붙는 것을 느꼈다. 낮이라면 몰라도 밤이었다. 그것도 밤 12시. 막 자정에 다다른 깊은 밤중에 시체 가까이 가고 싶은 생각은 추호도 없었다.

"할머니, 지금 바닷바람이 세차게 불고 있는데 촛불이 켜져 있겠어요?"

시체 근처에 가고 싶지 않았던 나는 궁색한 변명을 해댔다.

"그건 네 정성에 달렸지. 온 정성을 다해 불을 붙이면 켜져 있을 것이고, 그렇지 않다면 꺼지겠지. 만약 촛불이 동틀 무렵까지

켜져 있으면 가족이 찾아 올 것이고, 그렇지 않다면 생판 남이 와서 싣고 갈 거고."

말이 끝나기 무섭게 할머니는 붙잡을 새도 없이 문을 열고 나가 버렸다. 졸지에 양초를 받아든 나는 잠시 양초가 든 봉지와 시체가 안치된 방향을 번갈아 쳐다보며 갈등했다. 촛불을 켜두면 가족이 찾아온다 이거지? 못할 것은 뭔가? 어찌 보면 생명의 은인인데. 낮에 있었던 고마움 아닌 고마움을 떠올린 나는 결국 용기를 내서 플래시를 켜 들고 밖으로 나갔다.

해풍이 제법 세차게 불고 있었다. 곧 플래시 불빛에 흰 천을 뒤집어 쓴 채 누운 시체가 보였다. 나는 머리맡으로 걸어가 양쪽에다 초를 세우고는 성냥을 꺼내 켰다. 해풍에 성냥이 자꾸 꺼졌다. 정성이 부족한가? 나는 몸으로 바람을 등진 채 다시 성냥을 켰다. 켜진 성냥불이 사정없이 흔들렸다. 재빨리 성냥불을 양초에 갖다 댔다. 다행히 초의 심지에 불길이 일었다. 몸을 타고 넘어온 해풍에 촛불이 일렁거렸으나, 신기하게도 꺼지지는 않았다. 한참이 지나도 촛불이 꺼지지 않자 나는 재빨리 신고소로 돌아와 자리에 앉았다. 그러나 얌전히 엉덩이를 붙이고 앉아 있을 수 없었다. 촛불이 계속 켜져 있는 지 궁금했던 나는 수시로 밖으로 나가 확인하기를 반복했다. 그때 다음 당직인 조 상경이 잠에 취한 얼굴을 하고서 사무실로 나왔다. 궁금증이 동한 나는 조 상경을 더 자라고 하며 억지로 내무실로 밀어 넣었다. 그러는 사이에 먼동이 희미하게 밝아오고 있었다. 밖으로 나가보니 그때까지 초는 그대로 켜져 있었다. 신기한 노릇이었다. 바다에서 불어오는 해풍에 근처 줄에 말려둔 미역들이 희미하게 달그락거리며 흔들리고 있었는데도 말이다. 그때 뒤에서 차 소리가 들려왔다. 돌아보니 최 경장의 차였다.

"밤새 별일 없었어?"

차에게 내린 최 경장이 앞으로 걸어오며 물었다. 그렇다고 대답하고선 나는 최 경장과 함께 시체가 누워 있는 곳으로 걸어갔다.

"이 촛불 김 일경이 켜 놨어?"

최 경장이 시체의 머리맡에 켜둔 촛불을 보고 씩 웃으며 물었다.

"예."

"복 받겠어."

"왜요?"

"좋은 일을 했으니깐 당연하지."

"좋은 일요?"

"오늘 새벽에 남해서에서 연락이 왔어. 우리가 건져 올린 불상 시신의 가족이 나타났다나 봐."

"어떻게 알고요?"

"모친 꿈에 죽은 아들이 여기에 죽어 있다고 말했대."

"정말이요?"

"자식, 순진하기는. 사실은 어제 시체 인양할 때 오른쪽 팔뚝에 뱀 문신을 봤었거든. 그걸 토대로 신원을 수배했더니 남해서에서 연락이 온 거야."

최 경장이 흰 천을 벗겨내고 시체의 오른쪽 팔뚝을 걷어 올렸다. 정말 잔뜩 똬리를 튼 뱀 문신이 창백한 피부 위에 선명하게 수놓아져 있었다.

"가족을 찾아 다행이다."

최 경장은 만면에 웃음을 띠며 신고소 안으로 들어갔다. 그때 촛불이 힘없이 꺼졌다. 조금 전까지 불던 해풍이 멎어 있었는데도. 신기했다. 불이 꺼진 심지에서 진한 흰색 연기가 두 줄기 피어오르더니 이내 허공 속으로 사라져 갔다. 마치 촛불을 태우던 인연이 다했다는 듯이 말이다. 갑자기 모골이 송연해졌다.

그날 오전, 한 무리의 일행이 신고소를 방문했다. 그리고 그들에 의해 범상치 않게 맺게 된 특이한 인연은 내게서 조용히 멀어져 갔다.

끝.

왜란(倭亂)

초판 1쇄 인쇄 2022년 11월 07일
초판 1쇄 발행 2022년 11월 10일

지은이 김규봉
펴낸이 김순광

펴낸곳 (주)케이원미디어
출판등록 등록번호 제324-2014-000032호
주소 서울시 강동구 양재대로 1465, 6층 602-1호(길동, 마루빌딩)
전화 070-7711-7340
팩스 02-476-6620
이메일 k1media1967@naver.com

ISBN 979-11-86844-38-0(03810)

• 책값은 뒤표지에 있습니다.
• 잘못 만들어진 책은 구입하신 곳에서 바꾸어 드립니다.

※ 이 책은 2022년도 양산시 지역문화 진흥기금을 지원받아 제작되었습니다.